這不是傳統會話課，這更不是單調的文法課，

是加了溫度、加了啟發、加了思考的語言學習課，

環遊世界的英語課

從紐約出發到台灣的英文外賣走透透

楊筱薇

讓每個走出教室的學生，

可以成為，21 世紀中最有競爭力的快樂工作人！

【推薦序】

英文外賣就是如此體貼

王意中《不吼不叫，激發孩子內在學習力》作者
臨床心理師

原來，英語的施與受、教與學，是可以如此地體貼。

面對國內的英語學習，常常讓父母與老師只瞧見了眼前試卷上的分數波動與變化。而較少深刻去思考孩子或自己，與英語學習之間的情緒關照與深層關係，及潛藏的那股動力是什麼。

《環遊世界的英語課：從紐約出發到台灣的英文外賣走透透》，不只讓你見識英語學習的無限可能性，同時透過作者筆下所描述，一段段來自不同地方的生命歷程，在閱讀過程中，讓故事與讀者的內心之間，不時產生共鳴、激盪。

這是一本很細膩、有質感、充滿溫度，關於英語學習與自我成長的作品。內容跳脫冰冷、生硬的英語教法，讓你免於對英語學習更加畏懼、拉大距離。書中所提「在旅途上，英文只是一項工具，但在台灣英文是生命」的迷思與執著而有殊異的解釋。

然而，你卻可以從作者將書中每個主角（沒錯，每個生命都是自己的主人），透過植物花草的分析、隱喻、延伸，轉爲對每個人獨特生命特質的了解。同時，思索眼前學習者的動機與需求。並從中尋找每個孩子的適性成長，及在地球上相對應的位置，進而發光、發亮。

喜歡書中不時浮現，具有正向能量的想法。例如「**只要用對方法，我們可以改變可塑性**」「**教材、上課時間、下課時間，可以格式化，但人的個性沒有辦法格式化**」「**我唯一要做的就是讓一切發生**」「**你的起跑點可以在任何一點，而且隨時可以開始**」等。讓自己在閱讀的過程中，多了許多的啓發，也預見了英語如何提升、儲値、加碼、升等你我的生命力與競爭力。

閱讀《環遊世界的英語課：從紐約出發到台灣的英文外賣走透透》，有些相見恨晚的感覺。如果父母或老師對於英語學習的態度與要求，能夠參酌作者以體貼、細膩的心來解決問題。同時，讓英語的學習場域無所不在，特別是書中這一句「你沒有給南瓜一個教你味覺的機會」，更是一語點醒著生活處處是學習，事物處處皆老師的哲理。

感謝大田出版讓自己有榮幸提前遇見這本書。英文外賣走透透，也該是走進你我的生命世界！

PART ONE 教室內

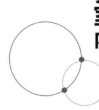

學生說老師是風，是水，是土，是陽光。
那學生是什麼？他們說自己是水果，是青菜，是河豚，是噴水池。
學生和老師互相學習，這裡是一個視覺的園地，在教室內。

PART TWO 教室外

你讓我搭一段便車，我就給你一個小時的英文課；
你讓我住宿，我交換兩堂英文課；只要你願意，我隨時可以提供英文教學。
不管在路邊還是在餐廳，學習不是奢侈品，
不是消費品，是學習者把英文帶走了。

PART THREE 台灣筆記

不論世界哪個角落的英文教室裡，
每個學生都為了緊跟世界的腳步而努力！

學生說老師是風，是水，是土，是陽光。

那學生是什麼？他們說自己是水果，是青菜，是河豚，是噴水池。

學生和老師互相學習，這裡是一個視覺的園地，在教室內。

PART ONE

教室內

01

【開場】

綠籬笆：守護我的花園

小時候的教室，我都無法選座位，一直到高二的時候，有個教官來代導師，她讓我們可以跟同學換位子。我馬上換到最後一排，一個沒人坐的位子，能夠縱觀全教室，遠離人群，在一位不是很受歡迎的同學旁邊。有天，班長下課跟我咬耳朵，她說：導師有問起妳為什麼要坐這麼後面，妳又不是很高，會不會看不到黑板？我很意外她們關心的是我看不看得到？那個位子對我有適性的安全感。三十幾年來，我沒有改變這個習慣，坐公車坐最後一排，搭捷運坐最後車廂，租房子選社區裡最後一排的邊間，有時教書時也跑到教室後面，讓學生扭頭轉身。

在我的教室裡，學生沒有被限制的位子，通常開學第二個星期後，就有學生習慣坐在門邊，或是靠窗，有的坐在黑板前，有的在教室中間，有的只跟聊得來的同學坐。看起來在適性地找到成長空間，像個花園，向日葵要能伸展看太陽，白樺樹要有空間延伸，南瓜茄子需要養分結果，偶爾飛來的鸚鵡能有水池喝水，我們每個人都能在這新環境，找出適應的位置，以習慣及適應培養默契，學生們學習相互照料的空間從這裡開始，打造一個讓花草大樹適性發展的花園。

不管是站在講台前還是教室後，我觀察自己也欣賞學生，想到自己這個「最後一排」的習慣時，看到自己不是想要遠離人群，而是想要了解人群，我想看得遠，了解大氛圍的狀況，在花園外風吹草動，也可馬上警覺到，像繞著花園外的綠籬笆，可以看到花園裡裡外外的景致，同時守護著花園。

我的工作裡需要做學程規劃設計，從一個學生踏入校門的那一步開始，我要如何用流程帶領學生的學習。除了語言能力評估、需求評量之外，我也用五大人格特質評量項目，作為學生自我了解的參考。參考人格評量表感覺類似，小時候媽媽拿我的八字去算命，回來之後，我的人生就與牛肉絕緣了。媽媽聽了命理師的建議，我的讀書命要靠償還對牛的感恩，才能一帆風順。後來國中成績，不從人願，命理師建議名字的筆畫不吉，要改名，我當時想是不是羊（楊）的關係。

我對性向、人格或智力等測驗持參考的態度，就像命理師，找一些依據，然後行為跟著改變。我用在教學上，用這些測驗來開闢學習的選擇，以開墾花園的行動力，也讓花草動物互別苗頭，相輔成長。

結實纍纍的體貼

體貼
Agreeableness

坐在教室門口附近的學生，常常要幫忙到辦公室跑腿，或是要開門關門的，很多時候還要應付訪客。教室花園的入口把關的，選擇坐落在此的孩子，顯露出待人友善、易相處且對人寬容的特性，他們可能是不起眼的小草小花，或是筆直的白樺樹，但他們擁有體貼、合作的熱忱。

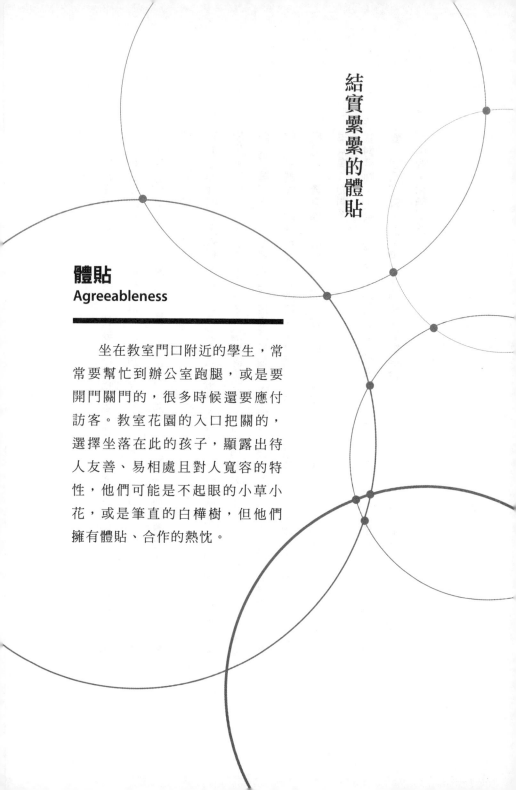

在我的英文課裡，我想把「體貼」這堂課放進來，解決問題的能力是這世紀必備的生存技能，我認爲**解決問題可以從體貼與體諒開始，解決問題的學程，是從小事進階到大事，從近處再到遠處的規劃**。

但「體貼」的英文要如何教？

葡萄文法課

我準備一系列問題，以性向測驗的方式展現，以淺顯易懂的問題開始，再穿插我要學生聯想的啓發問題。

我問：什麼水果酸？

學生：檸檬。

我問：什麼水果多汁？

學生：西瓜。

我問：什麼水果給你體貼的感覺？

沉默50秒。

學生：葡萄。

我問：爲什麼是葡萄？

學生：它們結實纍纍，不用剝皮，洗了就可以吃，一串可以吃到飽。

教學的題材，我採納學生的想法，我就以學生「體貼的葡萄」來介紹Simile and Metaphor 明喻暗喻，這堂文法課，Simile and Metaphor 跟文學接軌是很直接地切入。**要培養解決問題的技術，第一步找出思考藍圖，第二步累積問題，第三步找麻煩。**

第一步思考藍圖

藍圖是一規劃出的計畫，我用文字分析表，喚起學生已知的文法字彙，同時介紹了古羅馬的帝王哲學家，馬可・奧里略（Marcus Aurelius），一千多年前，這位帝王提到了葡萄，他是這樣說的：

We ought to do good to others as simply as a horse runs, or a bee makes honey, or a vine bears grapes season after season without thinking of the grapes it has borne.

中級班的學生沒有人說有生字，大家很自信地完成我準備的文字分析表。

第二步累積問題

我對學生提出問題。

提問一：有哪些事我們可以想都不想地做，有益自己、他人及環境的？

提問二：體貼是Do good其中一項，有哪些動植物你認爲可以貼切地表達？

提問三：這些動植物放在同一句裡的作用是什麼？

第三步找麻煩

1將提問一的答案找一個特定的對象或地點執行。

2請列出你可以簡單做卻沒做的Do good。

3 Good things跟Right things一樣嗎？

具象的文法課跟抽象的價值課，由古羅馬的哲學家引路，帝王思考事情的來龍去脈來處理現實的國民福

Nouns	compare to another Noun	verb phrase	Name other animals has the same abilities	find other words are similar to "ought to"	What does it mean by doing things simply
We= people	a horse, a bee and a vine	do good	none	shall and must, have to.	1. naturally 2.without thinking 3.purely 4.totally 5.just do it 6.only
a horse	people, a bee and a vine	runs	a cheetah, a deer, etc.		
a bee	people, a horse and a vine	makes honey	none		
a vine= grape vine	people, a horse and a bee	bears grape	any trees bear fruit		

祉，學生從句子裡的比喻法，放在人生經驗裡開始了體驗，他們跟哲學帝王的葡萄，一千多年後，我們仍有共鳴。

解決問題是一種體貼

國中的時候，家裡紗窗門的門閂中間的卡榫經常掉，當時我想了一些方法，最後先決定用找來的ＯＫ繃貼起來，這樣暫時固定住也解決了門的問題，後來一直等到搬家的時候，發現ＯＫ繃一直貼在那裡……貼上ＯＫ繃的門閂不會造成大家的不便，媽媽覺得我的行為很溫馨，因爲我是在照顧體貼別人的需要。

當我決定到英國念書，想像要開始一趟屬於自己的浪漫之旅。不知道爲什麼飄洋過海莫名覺得是一種浪漫的感覺。從過去外公外婆口中講的遷移故事，聽到大時代生離死別的場景，忍痛放棄載不走的行李中有許多用枕頭套裝滿了錢，可是等來到了陌生的環境碰上通貨膨脹，加上外公賭錢而敗光，那個時代的離別故事充滿了不捨與傳奇。

以前常看的卡通「北海小英雄」，那個充滿吸引力的綺麗世界，加添在自己身上也要飛到另一個陌生國度，讓我充滿了許多浪漫的幻想。

可是飄洋過海發生在自己身上碰到的第一個問題是，在機場check in時行李嚴重超重，如果不減輕重量，一定要罰錢才能過關。當我打開兩大行李箱，發現自己好像帶著一家7－11出門，從漢聲雜誌到王子麵，從爽身粉到肥皂，我把在台灣的便利還有生活全部打包在行李裡面，但我是帶不走的。

在當下我必須做一個抉擇，是**要在未知的國度營造一個小台灣或是去體驗這個未知，哪個是對自己最體貼的決定（或是哪個決定是最能夠體貼自己的需求）**，當時我做的一個決定是：**如果我要好好照顧自己的話，第一件事情就是要吃當地的食物，這是對自己的體貼。**然而這樣的體貼過程卻是殘酷的，因爲如果我要解決未來的問題，就必須從現在此刻要開始割捨。

把兩大箱行李的東西一件一件拿出來，一點都沒有浪漫的感覺，甚至覺得自己是狼狽的，當我站在住了好幾年但已經搬空的房間時，試圖把在那個房間裡陪我度過許多浪漫時光的東西也一起帶走。但事實是，坐上飛機的我在一個動彈不得的小小空間的椅子上，而且一坐就要十五、六個小時，之前想像飄洋過海的浪漫感覺究竟是什麼呢？是上飛機之後止不住的眼淚，雖然也不知道爲什麼要哭？還是哭累了睡著之後被空姐照三餐喚醒問說「chicken or beef」「coffee or tea」？其實根本沒有自己所想的浪漫，這一路上我只想趕快可以縮短行程，因為我又開始幻想到達英國之後才是浪漫的開始……

這趟離家的旅程，有位同行的朋友，完全沒有我的感受，因為我們的目的不一樣。她是愉快地要去看好久不見的男朋友，而我是飄洋過海要在學習的過程重生，因為我和她有不同的目的，因此也有很大的情緒差異。在飛機上朋友看我哭個不停，問我要不要轉機時再坐回台灣好了……她體貼我情緒的同時，讓我知道如果我要體貼人，我要被體貼，情緒也要被照顧到，這是我旅程展開的第一課。

我在紐約教的第一堂英文課

我回想從英國到美國教的第一堂英文課，在試教之前，學校告訴我班上有十個學生，來自不同國家，不同背景，不同英文程度，不同語系……這麼多的不同，有人可能完全不懂英文，也有人英文程度可能高一點，我不清楚十個同學的學習背景，或許有人沒念過書，有人在工作，有人還是高中生……這跟之前我在學校教英文課是非常不一樣的，我要準備一堂什麼樣的課，讓不管什麼程度，什麼背景，什麼語系，什麼年齡的十個同學，絕對都需要。

我選擇教的是「交通標誌」。為什麼是「交通標誌」？

我的第一個想法是找一個大家都清楚的共同語言，換一個角度就是找出他們不是完全懂但又不覺得東西太新，如果學生走在街上，當他們不懂英文時，他們要讀的是什麼？這時我**不是用一個教育工作者的角度來想學英文要如何學如何教？也不是製造需要，而是感同身受在日常生活中對於學生耳濡目染的存在是什麼**，當他們很習慣那些存在而我又重新挑選出來，我希望讓他們還沒有走出教室之前，已經熟悉了很多標誌。

在英國有注意牛的標誌，在日本有注意熊出沒，在澳洲有注意無尾熊，注意各種動物的標誌就是一種體貼的感覺。另外像靜音標誌，超過十點不能按喇叭等等。你會發現這些綜合起來，其實我教的不僅是交通標誌而已，而是當你成爲社會的成員，你體貼別人的方式之一便是透過這些標誌，如果你不遵守就會造成大家的不便。

這是我在美國的第一堂英文課。**我不是選一個科目，像選英文字彙、英文文法進行式過去式未來式來教，而是設想學生不懂英文的情況下走在街上會怎麼辦？**當然所有的學生都聽得一愣一愣的，因爲他們從來沒想過，原來英文可以這樣學。

MEMO 01

培養解決問題的技術

☑ 第一步　思考藍圖

☑ 第二步　累積問題

☑ 第三步　找麻煩

我是最好的，所以我得到這份工作

任何語言都會學習「顏色」，而我用「感覺」來教。

交通標誌中所有禁止的事情是用紅色，說明的標誌會用藍色，指示高速公路的標誌是綠色，各種顏色都有不同的意思。我不教紅色是red，黑色是black，就表示顏色教完了，我希望顏色能夠在學生的生活中長長久久有存在的位置與價值。雖然這只是一堂試教的英文課，但我不希望浪費大家的時間，我希望學生有一些東西留下來，對我來說，我正在做一個體貼的課程安排。

買張機票飄洋過海看似做了一個決定，但是從打包行李開始，你必須知道你的需要。你必須背多少單字才能讓生活方便一點呢？帶上泡麵，但泡麵吃完可能只有五分鐘的滿足，接下來的生活沒有了泡麵要怎麼辦？我帶了字典，除了藝術字典還帶了英漢漢英字典，但到了英國之後我發現那些字典一次也沒用過，因爲字典也是有時效性的，每一分鐘當我們使用了語言，語言就在改變當中。所以你用英文多久，每天用多少次，一開口就知道你是不是native，native不因爲你是白人，你就是美國人，或英國人，native，本地人的含義除了有你的祖國或是你在哪裡出生的地方之外，還有你一直生活的一個特定的地方，再來就是你學會說的第一個語言。是你夠不夠道地，字用得夠不夠入味。不是以膚色來斷定在地性。

二〇一二年我回台灣到一所高中演講的時候，有個同學問我，爲什麼妳講國語，妳是台灣人，美國人要給妳教英文的工作？

我覺得這個問題「非常台灣」。

在台灣要錄取英文老師的條件，需要看膚色護照證明你是哪個國家的人，我在英美的工作機會是以面試和試教來決定，護照或人種不是工作能力或是經驗的證明。我想讓同學釐清的觀念是，**英文老師不是只能由美國人來擔任**。如果單純看成一個工作，我跟大家一樣看了求職欄去應徵，我有老師教學資格，投了履歷表通過試教，應徵結果就是最適任的老師拿到這份工作。因此，**在所有應徵者當中我是最適合的，所以我得到了這份工作**。

考慮周到的體貼 consider 到 considerate

我面試其他教師的時候，會用到「consider」（考慮）這個字，收到的履歷表裡有博士學歷，有剛從學校畢業，也有十幾年經驗豐富的老師。我關注履歷表裡，有沒有實習，以及社區活動的內容作爲「consider」的條件。如果對社會關心、對學生生活上的挑戰自然也會關心，就是所謂的「be considerate」（考慮周到），考慮周到你會拉近了職位上無形的距離，老師能夠找出貼近學生的課程，學生的需要。

我花了兩年的時間研究，到底我們在教室要學的英文是什麼科目？**就是從體貼這一個點去發想，對人權有了解，對國家社會有責任，對家庭有擔當，讓學生能夠在最短的時間以英文爲基準學習一技之長，以高中同等學力進到大學，或進到社會工作。**

但另一方面我對學生的體貼過程，有時候是殘酷的。

就像我第一次飄洋過海的經驗，我倉皇上了飛機，狼狽地割捨帶不走的行李，想像異國文化的精采，用浪漫的心情打包行李，十六小時之後到達一個完全陌生的環境，面對海關的盤問，不知所措的情緒到達了頂點，心裡不斷盤算：沒有台灣的泡麵，沒有人做飯給我吃，餐館太貴，所以我要先找到超級市場可以購買，確保自己不會餓死，一星期之內照顧自己的基本生活條件都必須就定位。我的新移民學生到美國，不會做飯又沒有錢，沒有工作沒有學歷的他們怎麼辦呢？當他們面對生活上的挑戰，我能夠體貼思考他們生活上所有能碰到的問題，**把這些體貼全部轉換成英文課**，這個英文課的結果會讓他們找到工作，進入大學念書。

生活上的遷移，一開始絕對是狼狽唐突，**如果不割捨原來的一些情感，就學不會體貼這一堂課。**

提子與葡萄之間

有兩個學生從十六歲到教室，到他們離開去上大學工作，八年的時間，他們從沒間斷對我跟學弟妹的照顧，他們把教室裡的事當作就是他們的事。

這裡要說的是兩串體貼的葡萄的故事，一個高大點像提子，另一個小巧的叫葡萄，他們向來很麻吉。

提子是一個非常體貼的孩子。

他喜歡葡萄，已經兩年了。可是當他表白三次失敗後，他決定暫時讓愛藏起來。

有一次我們舉辦三天兩夜的野營活動，在去程的火車上，我開心替學生拍照，當我的相機鏡頭對著坐在葡萄後座的提子時，我看見提子流了眼淚，然後低下頭趴在葡萄坐的椅背上輕輕啜泣……前方的葡萄完全不知情，我無力地放下相機，心想**這是一堂情感課，我要如何**

MEMO
02

☑ **體貼的過程，有時候必須是殘酷的。**

☑ **當面對生活的挑戰，能夠體貼思考生活上所能碰到的問題，就是把體貼全部換成英文課。**

教呢？

提子抬起頭，他看著我，從他的眼神，明白告訴我：老師我沒關係，請妳放心，我知道我在做什麼……

當我看見這樣的行爲，如果我的第一反應是，「喔，青少年嘛！」我想我對提子的痛就沒有感覺了。因爲**如果我把他當成青少年都會有的情緒來看的話，我就是拒絕體貼他**。當我看見提子用一種非常成熟的態度讓我理解，他並不介意讓我看見他的眼淚，也非常誠實讓我知道，擦乾眼淚的他，又可以跟其他同學玩在一起。

若我沒有教他如何處理情緒，我仍然可以教英文。但我是該教這堂情感課呢？或者我從來沒想過我能教？

我在辦公室上網找了一些關於愛情的歌，哪些歌是描述提子的情緒？哪些歌可以唱出葡萄的心情？透過這些情歌的表達，我們是不是可以用討論的方式來理解情感是怎麼回事？

在活動中我看到他們兩人：當提子看向葡萄，葡萄就看向另一個方向；當提子往前一步到葡萄的位置拿東西，葡萄就往後退一步；提子怕自己洩漏太多情感，以致讓葡萄更躲著他；葡萄要保護自己但他絕對不願傷害提子……儘管避免了這些互動，但兩人一說起話來，就不自覺唱反調，我要他們和平相處，並不是因爲我要介入學生之間的感情，而是每次辦活動時葡萄一定會參加，而提子爲了能夠看見葡萄也一定會報到支援，只要我不存在他們就可以永遠都不碰面。**我的教職工作，所有學科都必須要與人互動，這個互動是抽絲剝繭，是牽一髮而動全身，所以我不能不教體貼，我不能不以體貼爲重點，否則我只是在花園播種，卻不管接下來他們要如何成長！**

我對提子說，你現在對葡萄所有的好，不能因爲得不到葡萄的回應，最後把帳算在葡萄身上。你必須要分清楚不管你是否喜歡葡萄，你依然會發揮你的體貼，你體貼的本質是不會改變的。

提子與葡萄之間讓我明白，我在**英文這個學科上，已經不是單純的一加一等於二**。這些孩子正值青春年華，他們花枝招展綻放青春的活力與才情，我總是退一步欣賞他們，從玫瑰花到蒲公英，從葡萄到芒果，**每個成熟的果實就是對生命的延續，而體貼正是這番結果的表現。**

微妙的三角關係

「感情」在青少年之間是很豐富的，存在朋友的義氣、正義感和感性，「愛情」這堂課在教室裡常常發生。六月暑假來臨前，一朵十五歲的小花走進我的教室，這時十七歲的小樹挺身而出想當小花的小老師，經過了幾年，小花與小樹感情更加融洽，可是偏偏這時出現小草，小花跟小草走得越來越近，但後來又發現並不適合，所以小花希望回到小樹身邊。原本小樹與小草是不錯的朋友，但因爲小花的關係，兩人反而疏遠了。

就在二〇一二年，我們教室外的募款活動，小花、小樹、小草同時出現了，三角關係有了一些微妙的變化。活動結束大家說再見時，原本擁抱說再見是很自然的情況，可是當小花與小樹擁抱時中間卻還可以站有一個人的空間，於是有個「見義勇爲」的同學就站出來要幫小樹複習一下擁抱。同學是要讓小樹知道其實小花現在已經長成大花了，但小樹一臉尷尬，結果是小花趕緊幫小樹解圍說下次還有機會練習。一路以來，我看見小花十五歲來到教室，原本講話都是低著頭看著地上害羞得不得了，但現在已經二十一歲，對每個同學非常照顧，現在慢慢學習處理跟小樹之間的感情。他們仍然彼此關懷，不管感情是否能夠得到回應，他們的互動以及對我的信任就是我對體貼的概念。也許我們四、五年不見，但只要我一聲吆喝，大家都會無條件地回來幫忙。

MEMO 03

☑ **不管感情是否能夠得到回應，能夠發揮互動與信任就是體貼的概念。**

給自己一串體貼的葡萄

我常常會問自己很多問題，到現在我還在學習「問問題」，其實能夠問對問題的人非常少，上課的時候如果有人問對問題，我會說這是一個好問題。有時候我問了很多問題，但好像問題都沒有解決，**我才發現原來是我問錯問題，當然無法解決問題**。我要幫學生解決問題，如果對於他們的問題都搞不清楚，我要如何解決他們的問題？**解決生活上的問題就是開始體貼的行爲**。而我們的生活就像一艘船，每天都有很多問題發生，每天就需要解決問題。

就像愛情這個科目，我會問自己是否我應該教？當看到在教室裡面有人掉眼淚，作爲老師的我是否能不問？看見提子的眼淚時，我發現在團體活動中，我沒有安排讓大家可以獨處的機會，安排獨處是希望像提子情緒豐富的典型必須要對自己多一點體貼。我要教他如何歸納自己的感覺，他讓情緒影響到工作的效率就表示他的情緒太多了。如果我了解他的人格特質，是不是適時給他一些工作不是分散他的注意力，而是讓他可以獨自去思考並且可以沉澱他的情緒？到目前爲止我自己也還在學習。

月光下媽媽的芒果樹

每次當我見到學生來到教室門口，出現在我面前，我總想他們是如何離開自己原來的地方？是否也像我一樣對「離開」這件事充滿了期待與浪漫的想像？他們經過了多少里程？坐了多少小時？或是走了多少天才到達我的教室？

他們是「離開」一個自己的地方，而後「到達」我的教室。

第一次見到阿布多時，他氣喘如牛，汗流浹背，非常倉促地出現在教室門口，他的表情和行為，讓我感覺他好像剛從床上跳起來然後匆匆趕來。當老師的我第一個直覺想法，便是要觀察他出席的準確性，我心想這會不會又是一個喜歡賴床而遲到的孩子，還是一到晚上就要兼差的學生？

我的學生處於青少年階段，如果他們要一邊工作一邊上課，**守時是非常重要的事情**，因此我從他們一進入我眼前的那一刻便開始**觀察他們的各種細節**。

幾次下來之後，我發現阿布多其實並沒有遲到！

可是爲什麼他給我的感覺總是一副遲到的樣子？看見他進教室總是滿頭大汗，倉皇，體型高大，明明沒有遲到卻總是惶恐閃躲，好像作賊心虛，不敢正面看人。他走路時腳一跛一跛的，是受傷嗎？還是其他原因？

我對他有很多疑問，但當時我們的英文還無法溝通，透過會法文的助教，我對阿布多才有了多一點的了解，他，是個無家可歸的孩子。

moonlight（月光）and moonlighting（兼差）

見到阿布多那晚是在回家的路上。看著月光，只覺得很晚了，迫切地想回家休息，想到還有份稿要翻譯，月光馬上換妝成兼差，得帶著疲累的身體，繼續戰戰兢兢地工作。

阿布多十九歲，來美國之後幾個星期就被同住的叔叔趕出來，什麼家當都沒有，白天在街上流浪，晚上擠身在收容所，侷促不安地睡覺，擔心東西被搶。收容所裡的阿布多，身心在晚上也下不了班。

這樣的孩子非常希望趕快把英文學好，然後得到一份工作，再繼續上高中念書，但現在他迫切要做的應該是先解決自己無家可歸的問題。

每個學生的特質很不同，就像花園的花花草草，需要不同的照看，而有些花需要單獨被照顧。在我眼裡，阿布多就是一個非常需要個別關照的孩子，因爲他需要隱私。我把他叫到辦公室，形式上安排讓他了解有些生命的課題是需要他自己來保護。我給他一個袋子，由這個袋子來營造他的隱私，讓他可以把一些隨身物品收納在袋子裡。另外我把家裡開乾洗店的學生，送給我已經好幾年客人沒有領走的超大件外套給阿布多穿上，至少冬天沒有穿外套的他有衣服可以保暖。有了這點溫情，我自私地讓自己可以少一點擔心他，自私地也希望他能夠記得這份溫暖，然後可以繼續來上課。

我問阿布多，如果在紐約的街上會希望看到什麼樹？

他告訴我，在家鄉有很多芒果樹，而且媽媽很愛吃芒果，媽媽希望他到紐約能夠比在家鄉過更好的生活，他的腳因爲沒辦法支撐龐大的身軀變得一跛一跛的，也許來紐約可以治療他的腳，所以他想要看到很多芒果樹……我沒能告訴他，紐約可能長不出芒果樹……

阿布多對離開家鄉，離開媽媽有很多的捨不得。其實他也許只希望可以留在媽媽身邊，但他已經無法回去了。

他對到達紐約這個陌生的地方，有很多後悔和無奈，每天就是滿頭大汗，倉皇，帶著讓人懷疑他遲到的表情來上課。然而在學習上，阿布多卻跟我預料的相反，原本我以爲他屬於消極學習型，但每次要回答問題時，他總是最踴躍回答，充滿競爭性。他不畏縮也不害羞，但我卻發現，**他是爲了回答而回答，即使回答錯了表情不自在，他都希望讓我知道他的存在**。

當我了解阿布多的心態時，我希望可以訓練他是經思考之後才說出答案。我要他擺脫在我們更小的時候，當老師要我們回答問題時，全班舉手搶著回答，就算不知道答案，也舉手回答的狀態。

我聽阿布多回答時，會再反問他爲什麼會有這個答案？我希望讓他自己去思考回答的邏輯性是什麼，這樣他在外面碰到問題時也才能去思考對自己有幫助的答案。

另外我**動員全班集體的「體貼幫助」**。

如果他沒來上課，全班會一起關心他，當他知道每個人都對他關心時，會感受到人情溫度的空間。如同在亞熱帶的芒果樹一樣，需要大量的陽光照耀。因爲我知道阿布多說芒果樹，正代表著他「離開」的難受與痛苦，反映在他「到達」的這個階段，他缺少的就是需要家鄉熟悉的溫暖。

From：地址：

姓名：

廣	告	回	信
台北郵局登記證			
台北廣字第01764號			

平　信

To：大田出版有限公司　（編輯部）收

地址：台北市10445中山區中山北路二段26巷2號2樓
電話：（02）25621383　傳真：（02）25818761
E-mail：titan3@ms22.hinet.net

大田精美小禮物等著你！

只要在回函卡背面留下正確的姓名、E-mail和聯絡地址，
並寄回大田出版社，
你有機會得到大田精美的小禮物！
得獎名單每雙月10日，
將公布於大田出版「編輯病」部落格，
請密切注意！

大田編輯病部落格：http：//titan3.pixnet.net/blog/

智　慧　與　美　麗　的　許　諾　之　地

讀 者 回 函

你可能是各種年齡、各種職業、各種學校、各種收入的代表，
這些社會身分雖然不重要，但是，我們希望在下一本書中也能找到你。

名字／＿＿＿＿＿＿ 性別／□女 □男　出生／＿＿＿年＿＿＿月＿＿＿日

教育程度／

職業：□ 學生□ 教師□ 內勤職員□ 家庭主婦 □ SOHO 族□ 企業主管
□ 服務業□ 製造業□ 醫藥護理□ 軍警□ 資訊業□ 銷售業務
□ 其他＿＿＿＿＿＿＿＿＿＿

E-mail/＿＿＿＿＿＿＿＿＿＿ 電話／＿＿＿＿＿＿＿＿

聯絡地址：

你如何發現這本書的？　書名：

□書店閒逛時＿＿＿＿書店 □不小心在網路書站看到（哪一家網路書店？）＿＿＿＿
□朋友的男朋友(女朋友)灑狗血推薦 □大田電子報或編輯病部落格 □大田 FB 粉絲專頁
□部落格版主推薦＿＿＿＿＿＿＿＿＿＿
□其他各種可能 ，是編輯沒想到的＿＿＿＿＿＿＿＿

你或許常常愛上新的咖啡廣告、新的偶像明星、新的衣服、新的香水……
但是，你怎麼愛上一本新書的？

□我覺得還滿便宜的啦！ □我被內容感動 □我對本書作者的作品有蒐集癖
□我最喜歡有贈品的書 □老實講「貴出版社」的整體包裝還滿合我意的 □以上皆非
□可能還有其他說法，請告訴我們你的說法

＿＿＿＿＿＿＿＿＿＿＿＿＿＿＿＿＿＿＿＿

你一定有不同凡響的閱讀嗜好，請告訴我們：

□哲學 □心理學 □宗教 □自然生態 □流行趨勢 □醫療保健 □ 財經企管□ 史地□ 傳記
□ 文學□ 散文□ 原住民 □ 小說□ 親子叢書□ 休閒旅遊□ 其他＿＿＿＿＿＿

你對於紙本書以及電子書一起出版時，你會先選擇購買
□ 紙本書□ 電子書□ 其他＿＿＿＿＿＿＿＿

如果本書出版電子版，你會購買嗎？
□ 會□ 不會□ 其他＿＿＿＿＿＿＿＿

你認為電子書有哪些品項讓你想要購買？
□ 純文學小說□ 輕小說□ 圖文書□ 旅遊資訊□ 心理勵志□ 語言學習□ 美容保養
□ 服裝搭配□ 攝影□ 寵物□ 其他＿＿＿＿＿＿＿＿

請說出對本書的其他意見：

大田出版有限公司編輯部 感謝您！

眼中的蘋果

紐約的暱稱是「大蘋果」，早期種蘋果的果農們會順著河流把蘋果匯集到紐約市這個運輸港口來賣，因此，紐約市以大蘋果揚名於世。我的教室裡有很多千里迢迢、慕名而來的學生想當紐約市的小蘋果。每個月我會習慣帶學生去紐約的農夫市集，看到琳琅滿目的蘋果，學生常常問：它們叫什麼名字？因此，我們就有一堂「蘋果品嚐」的課，在這些很相似的蘋果裡，學生觀察到種類之間的差異，麥金塔、金甜、富士、紅冠……等，看著學生用心地品嚐，仔細地找出可以形容蘋果的味道、顏色和口感的字彙。

我想起了曾經在教室裡出現的小蘋果，一個像Macintosh麥金塔一般的甜中帶酸；另一個像Red delicious五爪蘋果一般的清脆甜美。

Macintosh的手非常輕巧，他會把各種串珠編成精巧的項鍊手環，也能夠用一根鉤針就把頭髮編成像非洲頭一樣細密的辮子，有時幾根迴紋針在他手上，馬上就變化出生動無比的造型。

他每天都把自己打理得乾乾淨淨，即便他同芒果樹阿布多一樣也是流浪街頭的孩子，但他不像阿布多總是把身上最值錢的一套西裝穿來上課，那個感覺很像外婆把寶貴的衣服穿出來見客，每次非常愼重地穿上最貴的一套衣服參加重要的場合，但進教室時卻是滿頭大汗非常狼狽的樣子。Macintosh是一派輕鬆，從另一個角度來看，他並不想讓人知道他是無家可歸的人，如果被人發現他流浪，也許可能有人不理他……

他給人一種悠閒輕鬆的吊兒郎當感，似乎很享受自己的狀況，或許是因爲過去被媽媽管得非常嚴格，現在來到紐約，有一種投奔自由的感覺。他要來目睹紐約這個Big Apple，他選擇在街上來體驗過去他在電影中感受的大都會。這個地方對很多人來說是個非常大的誘惑，Macintosh來紐約流浪，他不像芒果樹阿布多總是充滿倉皇害怕痛苦……

可是有一天，Macintosh 哭了……

但再過幾個月，我們就沒辦法幫他了。

Macintosh滿二十一歲之後，他必須離開教室，住的是成人收容所，那個地方龍蛇混雜，會發什麼事情無法預料，光想像就讓人毛骨悚然……

我告訴他必須開始找工作，不管什麼工作，不管透過誰的幫忙，都要去做。過了幾天，他告訴全班找到工作了。每個人恭喜他，雖然只是一個洗碗的工作，但是對他來說可以讓他感受到自己的存在。

我知道洗碗盤的工作非常辛苦，當初來到倫敦我也曾洗盤子洗了將近六個月，記得當時盤子好像永遠洗不完，因爲有幾個瑕疵有記號的盤子，洗沒幾次又洗到同樣那個盤子，眞的讓人很傷心到底一個晚上我究竟洗了幾輪！然而就因爲我知道那個工作辛苦，所以我絕不會對同學說，不要做。因爲**如果你不能忍受這個辛苦，接下來的日子會更慘，不會更好**。我看著Macintosh，知道他哭了，因爲他不能再繼續享受下去，所以他一定要堅強才會有結果。

另一個是Red delicious，他出生沒多久，被爸爸丟在街上。有一個好心的鄰居把他撿回家，後來鄰居全家到美國，也把Red delicious一起帶到美國，可是卻在機場遺棄他，第二次，他被丟掉。鄰居的想法似乎把Red delicious帶到美國算是對他仁至義盡了，可是當時他只有八歲……在機場大哭的他，又被一個孟加拉籍的家庭再度撿回去，可是卻又在紐約的小印度區丟掉他，這是第三次被丟棄……Red delicious像流浪狗一樣，四處在紐約街上遊蕩，時間過了一天又一天，從夏天到冬天，當他進到我的教室時，已經是第四次被丟棄，他，十八歲了。

每每當我想到Red delicious過去的經歷，換作是我，我會喜歡這個一直丟棄我的地方嗎？仇恨其實不用學很容易就會產生，當Red delicious一再被丟棄，完全沒有生活能力的他，是怎麼長大過來的？他的所有經驗與經歷就是無助。也因此，Red delicious很會察言觀色，也很會照顧其他人，因爲生活需要，他的口語聽力學習力很快，他可以說英文，可是不會寫也不會讀，一個十八歲的人，又是文盲，很難找到學校就讀，所以他來到我的教室。

當我發現他是一個文盲時，我的方法並沒有放慢課程的速度，不會對他有特別待遇，我盡量安排班上的同學擔任他的家教，他同樣學習但只是內容不同。現在他已經拿到身分，以同等學力進學校念書。有一天他告訴我，要回孟加拉找親生的爸爸……

一個出生沒多久，媽媽因爲難產去世，爸爸將他丟棄在街上的孩子，而後又經過了三、四回陌生而痛苦的遺棄，現在已經二十四、五歲的Red delicious，跟我說要回去找他爸爸，難道他沒有怨懟，沒有恨意嗎？沒有絕望，沒有放棄嗎？已經被丟了那麼多次，回去找到爸爸之後又能如何呢？

但Red delicious的選擇是，他想去了解當時爸爸拋棄他的心態，當無奈與逼不得已被慢慢理解之後，是否就結出了一些我們意想不到的果實？Red delicious出生的地方是非常非常

MEMO
04

☑ 要解決問題，就要問對問題；我們的生活就像一艘船，每天都有很多問題發生，每天都需要解決問題。

窮苦的漁村，他想在家鄉設立一間漁業公司，讓當地的人有工作的機會，除了能夠自給自足之外，還能把漁產外銷到其他地方。

我不是一個希望每個人都去考試念大學的老師，我希望我的學生每一個人對他們的人生所結出的果實都很滿意，這是我身為一個老師能做到的體貼。

Macintosh與Red delicious在紐約尋找他們的大蘋果，他們都在街頭流浪，在他們眼中蘋果有時充滿惡臭，一點都不可口，有時天眞爛漫誘惑滿滿，他們何時才能結出自己的蘋果？

與香菇共存的白樺樹（Silver birch）

紐約的街頭有很多白樺樹，白樺樹的樹皮可以用來治療皮膚的疾病；白樺樹的葉子可以用來當消毒水；白樺樹的靈氣可以戰勝恐懼產生勇氣。當我們在紐約街上街遊的時候，路上的樹就是我的教材。某一天的下午兩點，有一位帶有軍士氣息的孩子挺拔地站在我的面前。

他自我介紹的時候，說自己叫little light。我叫他小燈。

他跟父親有十多年沒見，一直在家鄉與媽媽相依為命，直到父親拿到身分將他們接到美國，但剛來的時候，他不敢出門，在家裡足足關了兩個月，兩個月之後才有勇氣走出門。打聽可以學英文的地方，來到我的教室，可是上了一個月之後，他又消失了，沒有人知道他去哪裡，也不知道他何時會再出現。等他再出現的時候，我問他這一個月都去哪裡了，他說在家裡。

我發現，**他是一個會無緣無故消失的學生**。從他過去上學的經驗，知道已經轉了好幾所學校的他，從來沒有好好念完一間學校。媽媽配合幫他轉校，從技術學校到軍校，可是再怎麼轉，他對群體的適應能力一樣微弱與疲倦。

這樣的孩子很容易在正規教育的評鑑下被認定是問題學生，但我發現他有非常奇特的風格，甚至無法用任何邏輯上的經驗來思考他。

尤其在學習上，他是我在第一本書《當自己最棒的英文老師》中提到的八大智慧必須一起運作的學生。

他一旦想學功夫防身，便會一頭栽進去研究功夫的歷史，而後親自到公園去華人聚集的地方認眞找師傅學。

他練習飛簷走壁，跑上牆壁再以重力加速度跳下來，可是跳下來的時候他不知道速度的掌控將自己的腳摔傷了。問他從這個經驗學到什麼，一般人會說下次再也不這樣亂跳了，可是小燈說他要學習怎麼摔，才不會傷到自己。你沒有辦法叫他不要學習飛簷走壁，因爲**他的個性主導學習，唯有以這樣戲劇化的方式進行刻骨的學習，對他來說才是學習**。

我帶全班同學去溜冰場溜冰，初學者一定會先在旁邊扶著邊杆慢慢滑。可是小燈第一次滑冰根本不會用冰刀，他卻覺得只要一上溜冰場滑個幾次，一定能夠溜得像別人一樣。旁邊的同學怎麼跟他說都無法說服他，結果他從頭摔到尾，最後連安檢人員都看不下去才把他拖離現場，因爲他如果再繼續摔下去會影響別人的安全，可是他完全不明白。

消失了一個月再回來的他說，英文讓他很疲倦，很累。所以只要有學習上的情緒，他就會想要躲起來。

我看著小燈的行爲，發現**除了教他英文之外，我還必須教他如何過群體生活，因爲當他做任何事情都那麼全心投入時，如果沒有人一起學習，那麼他是不會學習的，過程當中必須有人站出來捏捏他，提醒他**。

於是我安排一個義工哥哥來陪伴他，只要他有什麼問題都可以找義工哥哥。小燈不一定需要找我，因爲老師的角色對他來說有時候是一種威嚴的存在，以他過去轉校的程度，他懼怕威嚴，反抗威嚴。我希望小燈在安全的情況下，可以做他任何想做的事情，**如果他不會保護自己，就不知道如何保護其他人**。即使他知道行俠仗義也很能夠體貼別人，可是當他沒有保護自己的能力時，他的體貼反而變成自殘。因此我安排很多大人在他身邊，他如果要摔，就要摔在這些保護網身上；他如果要跌，就要讓這些大人能夠抓住他。

我很慶幸自己身邊有很多志同道合的朋友，願意爲這些孩子付出愛心，就像我幫小燈找的義工哥哥。有一回小燈去面試需要穿襯衫，義工馬上把衣櫃裡所有的衣服拿出來讓小燈挑選，室友看了非常驚訝，萬一小燈把所有衣服都挑走了呢？義工說，沒關係呀，就全部都送給他。

我記得小燈才剛來四個月的時候，有一天，他進教室，綁著一條頭巾，他把頭髮全部都剃掉了，除了牙齒以外他把自己全身塗成黑色的……他的裝扮完全是幫派的打扮，講的話也是街上流裡流氣的英文……這是怎麼回事呢？一定有發生什麼事吧？但小燈沒說，直到過了半年之後我才知道，他打工回家的路上被欺負，裝扮成很街頭幫派的樣子，還要去學功夫，他就不會被欺負了……

小燈的行爲換另一個角度來看，可以看出他的觀察非常細微，他會做這樣變身的裝扮一方面要保護自己，一方面是很接近行爲藝術，因此他跟同年齡的人看起來很不一樣，甚至格格不入。能夠對小燈的行爲比較包容的，通常是年紀大一點的同學，除此之外就是女生。

我問小燈來到教室印象最深刻的事情。

他告訴我，從來沒有跟女生這麼近距離接觸……

在西方，男女生很早便開始正常交流，可是對許多新移民文化來說，對異性的相處完全不知道該怎麼辦。有時候你會看到他傻楞楞替班上女生提包包，那可能是他過去完全沒有的經驗。

對這樣一個學生，小燈要如何變成大燈呢？

前半年他在教室非常辛苦，只要他在英文環境裡感到吃力，他就會累，然後會想睡覺會消失。而且他的食量比一般人大，經常別人吃兩片披薩，他一定要吃三片才夠，女同學知道他需要多吃一點，都會主動留給他。你制止他不要吃太多是沒有用的，讓他吃了三、四片之後，鬧肚子痛，他才會意識到自己吃太多了。

當他知道吃大蒜對身體很好，做飯時有一次他要求吃大蒜，結果看他吃第一顆後眼睛已經瞪得斗大，表情開始變化，然後開始冒汗，可見那大蒜很辣，但他還是堅持往嘴巴又丟了一顆，咬都沒有咬。結果是看他繞著整個房子一直跑一直跑，說不出一句話，這是他碰到困難，受到刺激的解決方法。

有一次我們到深山野外去活動教學，他把在網路上買的武器，像雙節棍、警棍全帶在身上，說是爲了要保護我們。當大家一起玩遊戲時，看他拿著警棍在旁邊巡邏，晚上他把警棍放在枕頭下，隨時以防有壞人入侵。

我看他拿著雙節棍示範給其他同學看時，本來就還不是很純熟，一不小心雙節棍打到了自己，我知道那一定很痛，可是他用同樣的方式來解決疼痛，他在屋子裡跑，一直跑，跑到身體的疼痛消失了減輕了……才會停止。當我看到那個情景時，終於明白，那是小燈處理情緒的方式。

他用消耗體力來忘記疼痛的感覺，他不是靜靜忍受，而是以外在行爲的激烈來衝撞，這樣的他，卻有一顆非常細膩的心。

「小燈，你是什麼植物呢？」有一次我這麼問他。

「老師，我是白樺樹。」他說。

「爲什麼是白樺樹？」

「因爲我到美國來的時候，第一次看到高高直直的樹，印象特別深刻，我知道這種樹木可以蓋房子。老師，如果妳需要蓋房子，可以把我砍去蓋房子，但是別人不行。」這孩子，不做作地表達我在他心中的重要性。

「小燈，其他同學是什麼呢？」

「老師，因爲我長在森林裡面，所以同學是森林的動物，是小鹿，可以在我的身邊跑來跑去，也可以在樹下撒尿。還有的同學是香菇，是木耳，白樺樹可以自己長高，在我的樹下也有可以讓任何其他植物寄生的地方……」

我看著回答我的小燈，他的眼神非常專注而表情眞誠，讓我錯以爲眼前我眞的在跟白樺樹說話。**他想照顧別人，他的存在是跟同學之間有互動，因爲他除了希望自己長得又高又大之外，同學可以在他身邊跑來跑去，吸收他的養分。**

你不能看他揹著一身的武器跑來跑去，他練習飛簷走壁把自己摔傷，他激烈狂奔用來減少自己的疼痛感，他一上溜冰場就看成自己會溜花式，而誤解他缺乏現實感與存在感。小燈有非常文學性的思考，**他用「感受性」而不是用「記憶性」的方式來學習，無論你怎麼教他，如果那個感受不是他自己親身感受，他就等於沒有被教育過。**

當我在英國教育小學一年級的學生時，我非常明白他們不是一張白紙，每個人生下來就有個性，有自己的行爲。你出一題猜數字遊戲，從一到十讓學生猜，明明數字當中並沒有十三，就會有人猜十三，他絕對不是故意找麻煩，因爲他沒有被引導如何去選擇，猜測時便做出「感受性」的決定。

有的學生教一遍就知道要舉手之後才能發言，我們的規則也說舉手才能發言，但我眞的希望學生去遵守這個秩序嗎？有一個學生已經好幾個月沒有說話，從頭到尾都沒有舉手，可是突然之間他說出了正確的答案。雖然沒有舉手發言，可是他說出了正確的答案，我聽到了，而我應該高興他說出正確的答案，還是不高興他沒有遵守規則舉手發言？

在教室裡形式上的規則學習是很重要的，但若有學生無法在形式上存在的話他們該怎麼辦？教材、上課時間、下課時間，可以格式化，但人的個性沒有辦法格式化，當我在教一個學生，我是教人還是在規劃學生的個性？

對於小燈，我的選擇是引導他成爲一株挺立的白樺樹，還是改變他成爲經濟效益比較高的鬱金香？就算現在鬱金香有高價值，但誰知道哪一天白樺樹也能有自己的高價值？我不能確定，但我唯一可以確定的是當他們決定自己想當什麼植物，他們都能夠具備能力來提高自己的經濟效益。我可以感化但我不能格式化。於是我在經營這個花園的時候，當我以感性來讓學生了解英文這件事，就能夠引發像小燈這樣的學生。

我將小燈放在**領導者訓練的課程**。

每個星期花兩、三個小時與他單獨相處。我們一起去逛街、買菜，他會告訴我美國食物太油膩，牛奶喝多了對腸胃不好。我提供有豆漿、米漿、杏仁奶這些健康食品的超級市場，他非常好學而且會將所學實踐，我帶他做一遍而不是教他回家寫功課。我也知道他想要表現，所以在上課半年之後，讓他開始當小老師，他早上學到的英文下午就要教其他同學。於是他開始非常細心地準備課程，每個步驟有不清楚的地方，一定問得相當仔細，就好像每個步驟必須幫他內建驅動程式他才有把握能夠運作。

小燈對人與人的互動非常有興趣，對知識的學習超級敏感，他的求知慾無所不在，這樣的學生是我花園裡的一塊寶。我需要教他如何自我成長，如何長成大樹，也因爲他必須長高，才能夠看得更遠，他才有能力去庇蔭別人。因爲他有能力、有熱情，而且心思簡單純粹，他能夠去看到別人的需要，所以我要培養他擁有武器，讓他用在對的地方。

有一次我讓他準備一堂課，跟同學分享詩。他教了一個小時，下課之後告訴我：老師，詩，很難教喔！

在領導者訓練中，我讓有能力的學生可以成爲教其他學生的人。

這個方式用在小燈身上是因爲發現他會消失會逃學，我想知道他爲什麼逃學？當老師知道學生不來上課，老師必須檢討自己，如何能夠讓學生來上課，要用什麼方式來解決學生的問題。現在小燈消失的次數越來越少，**當我發現他的獨特性，我不能將一個頭很大還有頭很小的學生都放在同一個盒子裡面，這樣制式化的教育他們一定會頭破血流**。我花了一年的時間，加上很多人一起幫忙，讓小燈漸漸變成大燈。我不會勉強他一定要跟我溝通，我只讓他知道我隨時在這裡，他有任何問題，可以隨時跟我聯絡。現在他二十二歲，我常開玩笑說他是全美國最老的高中生，他很遲很遲才能夠享受過去沒有經歷的高中生活。

也許他現在只會五千個英文單字，但是卻很會運用這五千個字；他告訴我，證明他的存在應該是別人來看他對知識了解多少，而不是用語言能力來衡量他的知識，他認爲**每一個人都要給別人機會去了解自己，他們學到了多少東西，而不是用無法表達的語言來鑑定他們對知識的了解多寡**。

他說，**學英文，就像自己的生命又再生**一次。既然有了重生的機會，就要非常注重飲食，語言改變了生命，而飲食能夠讓生命活得更長久……

我的花園充滿高矮不同奇形怪狀的植物，但每一株植物都會有一個位置，有的同學說自己是玫瑰，同學是刺；小燈說自己是白樺樹，其他同學是香菇木耳，他們之間有什麼利益關係嗎？他們互相關懷體貼是希望能夠得到什麼回饋嗎？小燈剛到教室沒多久，有一天下課一位同學拿著課本來問他：有哪個地方不懂嗎？我教你。他以爲那是老師，後來才發現對方是高年級班的學生……能力好的學生，可以教剛來的學生，高年級的可以去教低年級的，這是我組織起來的，小燈不知道學生也可以這樣去照顧另一個學生……**群體之外還有一對一的關懷，你可以把學習給予另一個學習者，給予的時候有榮譽感，有向心力，有體貼，接受的另**

一方很快就能深刻感受到；學習不是獨立，也不是孤軍奮鬥，大家彼此幫助才能夠進步，這就是結實纍纍的體貼。

MEMO
05

- 我可以感化但我不能格式化。在經營這個花園的時候，我以感性來讓學生了解英文這件事。
- 當面對生活的挑戰，能夠體貼思考他們生活上所能碰到的問題，就是把體貼全部換成英文課。
- 在領導者訓練中，讓有能力的學生可以成為教其它學生的人。
- 每一個人都要給別人機會去了解自己。
- 學習不是獨立，也不是孤軍奮戰。

包不住的花香

嚴謹自律性
conscientiousness

講台上常面對著幾張目不轉睛盯著我的熟面孔，書包裡永遠有齊全的文具用品，看著他們，有時覺得我在欣賞帶刺的玫瑰，有時覺得聞到刺鼻的薄荷。這些孩子對自己的要求很高，他們井然有序且堅持獨立，講台上的我要讓他們信服，要花些腦筋，倒是常見到他們高舉著手踴躍搶答問題，認真地開墾他們的園地，汗流浹背的樣子。

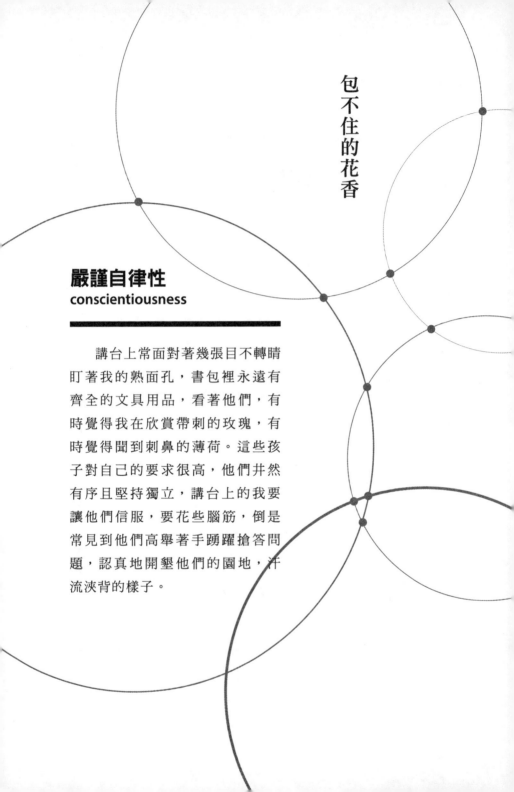

一束甘菊（chamomile/camomile）

這是國中老師教的check、choose、chess、cheese、所以ch 發〔tʃ〕。

這是我教ch的方式。我在教室裡泡甘菊茶，這茶常用在安撫緊張的情緒，它嚐起來其實有一股木頭的味道，很多學生不喜歡。

我把甘菊這個字chamomile寫在黑板上，同時唸〔'kæmə,maɪl〕，學生很不以爲然地糾正我ch要發〔tʃ〕，我叫他們舉例，他們把所有知道ch開始的字唸了一遍，我問如果要這ch發〔k〕這聲音要怎麼辦？學生一致說把h拿掉。我告訴學生甘菊這字chamomile/camomile像它的味道一樣，跟我們習慣喝的飲料不同，要花點時間去適應的。

有一天，我被叫到辦公室，有學生家長希望見我。

在我的教學經驗裡，非常要求跟家長接觸溝通，但這個家長直接帶他兒子來學校，讓我多少有點好奇。

見面時，他馬上遞上名片，請我好好照顧他的小孩。我一看名片上頭銜寫的是大使的身分，再發現這位華人大使跟小孩有不同姓氏，我心裡便多少明白孩子不單純的身世背景。而站在一旁的大使兒子，他臉上的表情告訴我：我是大使的兒子，妳知道嗎……

這個學生，來了一星期之後，便沒有再來了。

在我的學生當中有低收入戶、有新移民、有家庭不完整的問題少年，百分之九十是非主流族裔。我們的學校在別人眼中被認爲是一個「放牛」學校之類的地方，有錢有勢的家長不會把孩子送到這裡來，如果有，也可能只是誤闖，不小心走進來。如同這位大使的兒子。

我記得有一年，教室來了一位十二歲的德國學生。

他來的時候甚至引起一陣騷動，我的那些同事，不斷擔心這個孩子那麼小，又那麼白（擔心膚色的不同會讓團體學習產生障礙），他眞的可以在我的教室上課嗎？

我的德國學生在柏林念私立小學，也是從一個優渥的家庭來的，媽媽是德國聲樂家，他們一起來短暫觀光兩個月，媽媽希望把他放在一個陌生的環境讓他學習獨立，學習英文，學習照顧自己，可是當他需要媽媽時，媽媽隨時都能夠給他支援。

雖然對德國學生來說只是短暫的經驗，但我發現這個孩子的競爭力強，他對任何事情任何問題都會發言，有時也會指出我寫在黑板上的錯誤。同時也非常勇於嘗試。有一次我們一起到華人區的超級市場，發現一盒可以吃的花，有菊花、蘭花等等各種種類，於是我們試一試把這些花拿來沾巧克力吃，變成巧克力花，雖然很苦，可是他很勇敢地吃了一朵。

在教室裡學生有的不吃豬肉不吃牛肉，大部分的食物我們以素食爲主，一般對於素食概念只有青菜可以挑選，也就是吃生的菜。因此我讓同學設計一串瓶子，在瓶子當中放進不同種子讓它們發芽，有苜蓿芽、綠豆芽，之後再將這些發芽的生菜拿來炒蛋或者做成涼麵上的配菜。在華人的超級市場，我們也可以選擇素餃、素包子，還有許多菜名不知如何說，我們就一一詢問。

當我們在人擠人的超級市場，看著掛著各種漢字的食物名稱，聽著商家劈里啪啦講一連串的話，吵雜熱鬧地叫賣著。在這個環境中，那些從西非、中南美洲、中國來的學生，馬上開始分配分組，也許英文程度可能還很破，但是每個人卻能夠很快分工合作，會英文的幫不會英文的，來得比較久的學生幫助新來的學生，在混亂充滿生氣的市場中，竟然可以透過這種互相協助的團隊合作達成任務。這時我深刻感覺到**學生之間所散發出來的你幫我、我幫你的芬芳香味，他們可能都只是彼此短暫地相逢，可是卻能夠在這個相遇之中，孕育出彼此互相合作的芬芳**。

德國學生就是在一束花香中，慢慢被釋放出來，放鬆了大家的心情。他隔兩年又再回到我的教室裡，身高又長高了許多。

當一顆正在發芽的種子，給它水，給它陽光，它很容易開始成長，有時會搞不清楚長出來的種子是哪一種花？哪一種樹？**每個學生都是一顆種子，他們連自己都不太確定成長的方向，他們無法界定自己的時候，就讓他們去選擇自己要做的方式，而我努力找出正確的方法，讓每棵植物在教室裡都能夠散發自己的香味。**

不斷說抱歉的鸚鵡

記得我自己在國中的英文課，老師唸完This is a book.學生們跟著大聲的複誦，接著老師又說Repeat after me.我們又大聲的朗誦Repeat after me.突然老師放聲大笑，同學們你看我、我看你不知所措。當現在我站在講台帶著學生複誦時，國中英文老師笑場的樣子常常浮現在我的腦海裡。複誦的方式像是聲音的影印機，老師的聲音就是機器的開關，學老師發出的聲音，不是因爲了解而表達。

有個學生，他每天說最多次的一句話就是，I am sorry。

他就像鸚鵡一樣，不斷重複說同一句話，I am sorry。

問他今天爲什麼遲到，他說，sorry。但是第二天同樣遲到。

跟他說不要拿鉛筆來挖耳朵，他說，sorry。過了三秒鐘，你看他又拿鉛筆挖耳朵。

這個不斷說抱歉的鸚鵡，在自己的國家已經上到國中，但是以我在教室裡的觀察，很快發現他在說謊，對於流浪街頭的孩子，說謊其實是很正常的一件事，有時候他們不得不透過謊言來保護自己。

來教室上課的鸚鵡學生，把別人給的衣服全都穿在身上，指甲永遠是沒有修剪過，鉛筆不是拿來寫字而是拿來挖耳朵，他的外表邋遢，再加上用重複而沒有意義的回答來解釋一切。有一天他又遲到四十分鐘才進到教室，我問他，你爲什麼遲到？他說，I am sorry。我也跟他說，**I am sorry**，你不能進來，所以，**goodbye**。他不懂爲什麼他遲到，不能進教室……

我告訴他，如果我們來比賽誰講的sorry次數比較多，我的sorry會不會讓他感到sorry，不會的，他讓他的sorry存在，但他聽不見我的sorry。sorry，這個單字，變成像大富翁的機會卡一樣，他以爲可以拿著這張機會卡暢通無阻，每次只用sorry來解釋一切。**面對這個不斷說謊的鸚鵡，我常常自問，在教室裡的學習，有多少是重複卻沒有意義的？我學的時候有沒有意義，我用的時候有沒有意義？如果都沒有，我是否只是背誦而已！**

我不希望一直說抱歉的鸚鵡繼續一直說抱歉，如果他能夠準時來上課，他就可以少說一次sorry，我希望他不要隨口說sorry，我必須很明確讓他知道sorry的感受與程度，進一步讓他清楚明白是非對錯，而不是讓他眞的發生百分百的sorry事件之後，那時後果恐怕就不堪設想了。像這樣流浪街頭的孩子，很容易被幫派盯上，因爲他誤會了那些人對他的熱情主動，其實只是想吸收他進入幫派。

對於不斷說抱歉的鸚鵡，我採取的方式就是當他每說一次sorry就罰錢。並且如果他能夠持續一個星期，提前五分鐘進教室，我就會讓他繼續來上課。在班上每次分組的時候不會有人想跟他同一組，但另一方面他也不知如何跟同學相處，但是我知道會有一群學生願意跟他同一組，那些是跟我學習比較長一段時間的學生，他們會幫助不斷說抱歉的鸚鵡。當我下了最後通牒的時候，他眞的感覺到事態嚴重，開始尋找其他職員來跟我遊說，希望我能夠讓他來上課。

這是他遲到行爲的後果，也是他說sorry的後果，如果他連不要遲到這件小事情都做不到，我無法要求他上課必須專心聽課。當你在對學生進行要求的時候，你要一**次給一個他比較能夠做到的目標，不能給一個遙遙無期的標準**。結果不斷說抱歉的鸚鵡持續一個星期都準時來到教室，他沒有遲到。

也許一直說抱歉，感覺上是個很有禮貌的人，但是對於這個學生他卻不太明白這個禮貌是爲了什麼？**我們會說抱歉，是因爲我們清楚知道自己選擇這個手段來進行溝通**。其實有時候你也可以不用選擇說抱歉，你上班要遲到了，你可以事先打個電話說明上班遲到的原因。因此，我要教這個學生的正是避免他說抱歉所造成的後果，我要告訴他，至少他能夠有三種以上的選擇。

在我們還是學生的時候，我們從來沒有被給予多種選擇的機會，我們的選擇往往只有一種，如果我們知道有多種選擇，我們會試著想辦法去完成，或者尊重。這是養成個人化的過程。當我對不斷說抱歉的鸚鵡，採取每說一次sorry就罰錢時，我能夠得到什麼好處呢？沒有的，罰錢的方法是希望能夠教他尊重其他同學，因爲他如果沒有尊重其他同學，同樣他也無法得到別人的尊重。

我告訴自己，**我不是要教育一群重複我說話的鸚鵡，我要教育一群能夠懂得自我的鸚鵡，他們懂得欣賞風，陽光出現他們會說早安，太陽下山會說晚安，而不是從早到晚只會說早安，那麼他們說的話跟太陽就完全毫無關係了。**

脹氣的河豚

有一天我問學生，老師像什麼？有個學生回答，像脹氣的河豚。因爲老師一生起氣來，全身鼓脹起來而且充滿了刺……

我問他，你被刺到了嗎？

在教英文的過程中，會發現有的學生把所學的文法結構拼湊在一起，即使不正確，但反正大家都聽得懂也就無所謂。

但聽得懂的原因可能是在學生們支離破碎的文字，用了百分之三十的耐心，加上百分之三十的隻字片語，剩下的就是靠努力地猜，再加上無限的關愛之心。學習時所使用的感官也是要五官配合的，百分之二十是從「聽」來學，百分之三十是用「看」來學習，百分之二十用「講」來學，百分之二十透過「做」來學習，再加上百分之十的「用心潤滑」。講的人如果了解這點，就不會一古腦地只用說的，有時要比一比，有時要畫一畫，示範一下，這些是要聽得懂學生說什麼的必要元素。但是學生只有用口語沒有運用其他的元素，而只仰賴我有耐心的一直猜測他們的意思，我就必須收回一點耐心，這時我會變成脹氣的河豚，全身帶刺。引導他們了解，我需要他們示範一下，或是找圖片給我看，有時也要他們寫出來。因此當我發現自己變成脹氣的河豚時，我知道我必須要把愛心與耐心拿回來，來到教室的學生不管他們準備就業或是繼續升學，我希望他們**用的文字都能夠花時間去思索**，他們**所使用的語言是否具有邏輯性**，往後的日子他們必須長大，但我不能永遠用愛的教育。

我是脹氣的河豚，我允許學生這樣看我，但他們知道我沒有不愛他們。

形容我是脹氣的河豚的這個學生，我們叫他小河豚。

他乾乾瘦瘦的外表，總讓我感覺他還是處於沒有脹氣的階段，但他其實隨時準備好可以脹氣。在班上他很有人緣，講話很大聲，有一點圓滑，有一點大而化之。每次當我需要幫忙的時候，他會第一個站出來說，老師我來做，可是接下來，變成他指派別的同學去做。他的外觀給人印象非常外向而健談，熱情，主動打招呼，人際關係也很吃得開，電話常常響，看他講電話開的玩笑，就像生意人談生意很有手腕的樣子。這個小河豚，我希望可以讓他扎實一點，如果他的學習沒有重量，他最多只是一個脹氣的假象而已。

有一次，我請每個同學寫出我可以教他們的課程。

有時我會用這樣的方式來挑戰自己。

只要學生寫出想要學習的項目，我都可以教，但學生不能只簡單寫「我要學英文」「我要說英文」，這樣敷衍的答案，而是需要自己思索過的項目。我抽出學生想要學習的項目，有的學生說，要學寫歌詞，我會問他想學快歌還是慢歌，進而從學生的選擇了解他喜歡熱情洋溢可以跳舞的或是抒情的；有的學生寫，要讀一首新詩，如果碰到我不知道的範圍，我會準備在下一次上課時告訴學生。透過這些互動，我不放棄用任何方式來了解學生，相對地我更進一步把學生理解的東西也當成一堂課，分享給其他同學，讓同學了解認識彼此。

小河豚寫，他想學習如何在網路上使用信用卡。但事實上小河豚並沒有信用卡，他要的結果是假設已經有了信用卡之後，可以在網路上做買賣。所以他的第一步應該先學習如何申請信用卡才對。

學習的時候，我們有時會問對問題，那麼問題便很快就解決，可是當我們問錯了問題，有可能問題永遠不會解決。我讓小河豚先在eBay購物網上開一個帳戶，讓他觀察在網路上做買賣的情況，並且從那裡去了解如何使用信用卡，而不是直接教他使用信用卡。

我問小河豚，爲什麼形容老師是脹氣的河豚？他說，因爲我對他的要求與期望，他都做不到，老師恨鐵不成鋼所以脹氣。我對他說，其實因爲你們對自我的要求太少，所以我必須幫你們要求自己。爲什麼呢？

小河豚有一天像洩氣的皮球一樣出現在教室。原因是家裡希望他儘快結婚，所以他每天下午三點離開教室去餐廳打工，一直到第二天凌晨一點，這是爲了完成家裡的傳統。那一天因爲父親喝醉酒吐得不省人事，他爲了照顧酗酒的父親而缺課。

我告訴小河豚如果因爲家庭因素犧牲自己，等於他的未來也犧牲了。我不能認同因爲要照顧父親而把它當作一個缺課的藉口，我寧願他來到教室睡覺，也許聽到一半他有興趣可以振作精神繼續聽課。但是如果他缺課，一整天就爲了照顧他父親，喝得爛醉的父親不會因爲小河豚的犧牲而有所改變。對我來說這種犧牲是一種錯誤的犧牲，而不是一個投資，你犧牲自己的時間，這是你做的決定，但你用什麼時間補回去呢？我常常跟學生說，**我犧牲我的時間，但我沒有犧牲我的生命，因爲我把生命拿來分享給你們，但如果你們不願來上課，我就不願犧牲我的生命。**

野薄荷的清新

薄荷是眾多花草中，我最常使用的，除了治療腸胃不適、發燒、咳嗽之外，也有這樣的傳說，當一個人快要瀕臨死亡的時候，把薄荷花壓碎塞到鼻子裡，可以把人從死亡的邊緣救回來。每次我聞到薄荷的味道，都讓我想起這平凡的神奇。當我坐在教室時，看到學生一個一個走進我的教室，從一開始的不確定、羞澀、陌生，到離開之後，每個人身上都散發著自己的味道，讓我每天進到教室都好像是新的一天，都能夠聞到淡淡薄荷的香氣。薄荷有各種不同的品種，有的像小草，有的像大樹，就好像我的學生們，他們來自不同的國家，使用不同的語言一樣。

學校的守衛問我，爲什麼學生一開始走進學校時都是垂頭喪氣的，可是等上了我的課一段時間之後，好像都變成另外一個人了？我不知道自己給了他們什麼。當我看到班上兩個大男生剛好走進來對我咧嘴笑時，他們那麼開心的樣子，感覺那開心好像也感染了我。是因爲這個原因嗎？

薄荷是在眾多藥草當中生存力很強的一種植物，佔領性、再生力、擴散性相當強韌，只要有根，每年都可以再長。而且你只要分給鄰居，分給其他人，他們就能夠聞到薄荷香，這可能就是我看到學生的感覺吧。

我有一個非常清新的薄荷學生，有一天他在工作場所燙傷了手臂，但他怕我擔心便說是在家裡燙傷的，我提醒自己拿蘆薈給他敷在傷口上，本來他是一個沒有太多表情的學生，但是從那次之後，每次看到我就對我微笑。他是一個非常善良體貼的孩子，當大家發便當時，他會注意到我有沒有拿到，如果沒有，他會拿他的便當跟我分享。有一次他對我說：老師，我跟你們大家不同，因爲我沒有存在美國的身分……

聽到他這句話，我從來不知道沒有身分可以否定一個人的價值。不是因爲個性，不是因爲工作，在這裡，會因爲沒有身分而質疑自己存在的價值，我不要學生受到這種威脅與懷疑。不管你是誰，走進我的教室，有沒有身分都無法被否定，他們正在跟我一起打造生命的存在價值。因爲我們的存在是互動，是有影響力，是彼此感染，不管薄荷香飄到哪裡，都可以落地生根開啓自己的一片花園。

MEMO 06

- **每個學生都是一顆種子。讓他們去選擇自己要做的方式。**
- **當我們知道有很多選擇後，我們會想辦法去完成，或者尊重。**
- **如果學習沒有重量，最多只是一個假象而已。**

花花絮絮，在人群中美麗

外向性
extraversion

有些學生專愛找人一起坐，遠遠地看著他們時，總是忙東忙西的還不忘聊天，常主動地幫忙我整理教室、澆花，常常帶新同學來報名。我會帶著他們參加校外會議，看著他們在人群裡綻放，舒適地與人互動，很有行動力地經營自己。

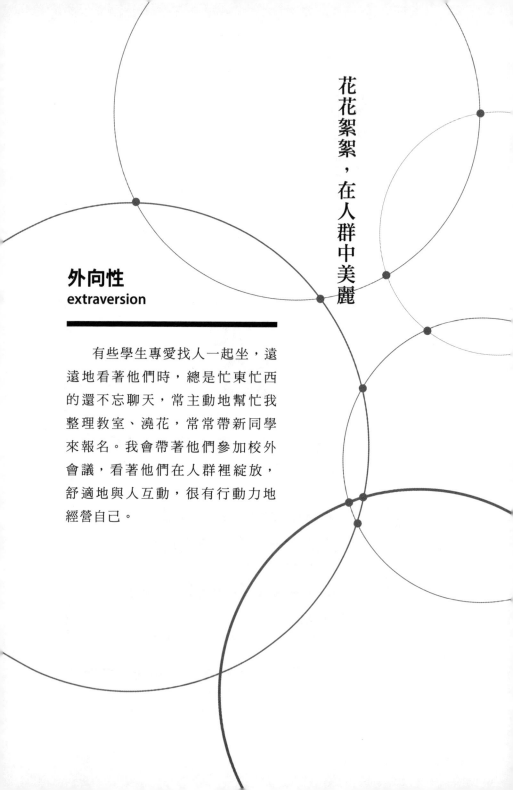

你是我的刺

近幾年來英文的第一堂課已經從「This is a book.」到「Stand up、Sit down」，參觀了很多英文教室的課程，老師們已經從一本正經到現在的手腳並用。我的第一堂課，教的不是「stand up」而是「stand out」。怎麼樣在人群、工作環境還有在自己的人生裡「stand out」？一枝獨秀的玫瑰有她自己形成的天然保護，讓玫瑰美麗不是那麼容易被摧殘。

克里斯剛進教室的時候是一個瘦瘦小小，長得非常俊俏漂亮的小男生，可卻總是一副容易受驚嚇，好像輕輕一碰就會破碎的樣子。

這樣瘦小清秀的小男生，他從墨西哥，走了將近三個月的時間才走到美國，不是搭飛機，也不是搭巴士，而是穿越沙漠，走了不知多少公里。你很難想像那一段路究竟是什麼樣的過程，但看見克里斯時就明白，他非常需要工作賺錢，因爲有了錢他才能夠給外婆。墨西哥的老家還有五、六個弟弟妹妹，克里斯的爸爸是誰？已經無法查證，因爲只要媽媽每次回家就是大肚子，生下一個小孩之後又離開，之後再見到媽媽又是大肚子，生下孩子後又消失了……

一開始，我跟克里斯的溝通是透過第三者。

對周圍環境的不安全感讓他不想嘗試學英文，其他的同學把上課的內容翻譯讓他知道。在教室內只要有新同學，其他人會主動去了解新同學來自哪個國家，說什麼語言，然後在各個方面互相協助，而這些人就成爲克里斯的小老師。當他要問問題時，他先用西班牙文問，然後同學翻譯，我回問問題時，同學翻譯，然後他用西班牙文回答，這樣一來一往的上課方式，克里斯似乎滿喜歡的，沒有壓力，每天都準時來上課。

克里斯來美國最大的動機就是把英文學好，然後工作賺錢。

我常常覺得很弔詭的是，每個進來教室的學生，儘管各個背景不同，但他們來到這裡都說最重要目的就是把英文學好，然後可以去工作……但其實他們來的時候都已經有工作了，即使那個工作在別人眼中是非常卑微的。

克里斯同樣已經有一份工作，但從來沒有讓我知道他在哪裡工作，長得清清秀秀的他，必須養活那麼多的弟弟妹妹，又擔心外婆身體健康，我無法想像那會是什麼樣的工作……

我發現克里斯很喜歡化妝，也愛化妝。萬聖節的時候，我讓他幫全班同學化妝，我們上網找了很多萬聖節的打扮，請他幫班上所有的人化成他們想要的樣子。而透過這個活動，他樂意跟我主動溝通，不再透過其他同學的翻譯。

我幫他找一些化妝學校，他可以用打工賺的錢學化妝。在他生日的時候，我送給他一個比較貴的腰包，當他幫人家化妝的時候可以把工具放在腰包裡。並且建議他把每一次化妝的樣子都拍照起來，放到網路上，於是他自己開了Facebook，需要化妝的人都可以透過網路找到他，爲了幫人化妝接案子，他的英文慢慢派上用場。克里斯越來越有自信，本來是一個很容易受到驚嚇的青少年，現在有間自己小小的工作室，當我們有義賣活動時，需要他的幫忙，他提著化妝箱，幫小朋友化妝，小朋友想要化蝴蝶，他的化妝工具箱裡就可以幫孩子在臉上變出蝴蝶……

我問克里斯：你覺得自己像是什麼植物呢？

克里斯說：如果在墨西哥，我是玉米；但在美國，我是玫瑰。

玉米是墨西哥的主食，每個人都需要，靠玉米就能夠吃飽一頓；但在美國他要自己綻放，他是玫瑰，班上其他同學都是玫瑰身上的刺，保護他，成就他的美麗。

有時候，我會害怕流失這個孩子。

每每當我去細想在教室裡每個學生背後的故事時，那些深沉的感受讓我處於焦慮與擔心的漩渦裡，但另一方面我眞的無從擔心起，在我們一般的認知裡學好英文，是希望能夠得到更好的工作，但對克里斯這樣的學生而言，就算他把英文學好，仍然沒辦法找到像現在收入相當的工作。這的確是個千眞萬確的事實，但我沒有選擇告訴他，我試著不用這個事實來打擊自己，告訴自己其實希望很渺茫，我總是要想辦法，不讓他在我的教室裡流失。

克里斯來美國之後，他的目標從來沒有改變過，持續學習英文，工作，寄錢回墨西哥，繼續學習英文，工作，寄錢回墨西哥。

有一天，克里斯說要表演唱歌給我看。

他開始打扮，戴上假髮，塗了鮮豔的口紅，他穿上了誇張華麗的禮服，同學們幫他拉著長長的裙尾，幫他拿表演的包包，克里斯站在教室的講台上，他婀娜多姿的體態，嬌滴滴的雙唇唱出黏膩的歌聲……我知道，克里斯以玫瑰的芳香在現實中充滿誘惑的世界裡綻放；他扭動身體輕輕搖晃，他轉身露出纖細的背脊，充滿性感地擺動腰肢……我似乎有點明白了，雖然克里斯從來沒有親口對我說他在哪裡工作，也從來沒有告訴我關於工作場所的任何事情，但看他在台上的表演，我完全知道這朵玫瑰所處的工作環境是多麼危險、多麼讓人迷惘渾沌，甚至闃黑幽深受人歧視……

在場的學生們一起看克里斯唱歌，他們如癡如醉看著克里斯的表演，在學生的眼裡沒有人歧視克里斯，沒有人覺得他做得不對，**那一刻學生們全都化身防衛的刺，捍衛這朵玫瑰。**

我默默看著在現場的每一個人，心裡想究竟我教了他們什麼呢？三千個必考的英文單字？致

MEMO 07

- ☑ 不管你是誰，走進我的教室，有沒有身分都無法被否定。
- ☑ 請同學寫出老師可以教的課程，讓老師接受這樣的挑戰。

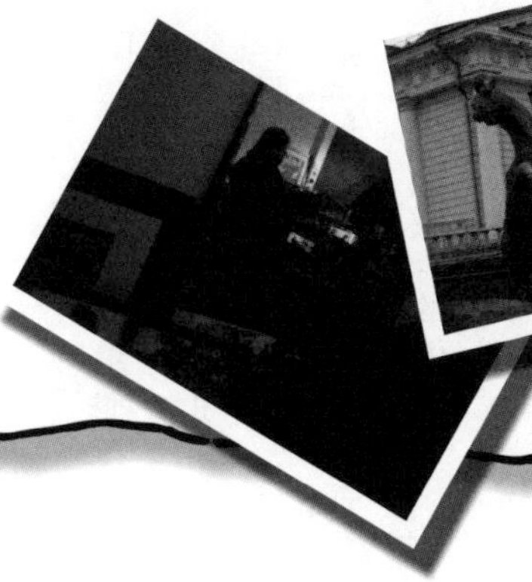

勝的文法五百句？一千句必備生活會話？或許我都沒有教，但是我感覺他們什麼都學到了，不是英文會話多麼流利，不是英文分數決定了什麼，當他們圍繞著克里斯的時候，我眞的看見一朵玫瑰上長了刺，玫瑰因爲有刺默默保護，美麗又動人，開心地綻放在這個大城市……

等待葵花子的向日葵

Clytie是希臘神話中的海洋女神，Clytie愛上了太陽神阿波羅，當阿波羅沒辦法回報她的愛，她不吃不喝凝視著阿波羅九天，之後她的腳扎在地上變成了根，就這樣Clytie永遠追隨太陽的方向變成了向日葵，每次跟學生說起這個故事的時候，就讓我想到Momo。

她綁著馬尾巴，已經遲到的身影，即使小心翼翼，我仍然可以看見她非常迅速閃過同學之間，然後坐入座位的模樣。她常常揹著好幾個包包，走路很快，簡直像武俠片的俠女一般，像一陣風吹過教室。

我叫俠女Momo。

有一天我交給她美金三十元來負責全班的食物，我告訴她如果想從中賺取一些費用，她就必須能夠控制購買的成本，她決定自己採買材料，從家裡烹飪之後帶到教室來。第二天，她把煮好的食物帶來了，但說如果味道不夠的話請大家多多包涵，因爲她家沒有電，她是在點蠟燭的情況下煮了這一鍋食物……我心裡想，沒電？難道沒繳電費嗎？Momo回答我，看不懂帳單是哪一張？第二天我讓她把可能是帳單的單子帶到教室來，我發現那些單子不是什麼電費帳單而是討債公司寄來催討帳款的信，再進一步確認之後，才發現其實從過去的房客就已經開始積欠電費……輪到她們時已經累積相當一筆的費用，繳不起電費，就被斷電了。

Momo跟妹妹兩人來紐約跟媽媽同住，但是已經來美國十幾年的媽媽完全沒有生活上的基本常識。我想如果她們住的地方停了電停了瓦斯，表示即使她們有一個房子，但沒有任何生活上基本的支援時，等於住在一個紙箱裡……但人無法長期住在紙箱裡。Momo上課會遲到，是因爲她必須先照料好妹妹媽媽的早餐然後再來上課，她對家庭有責任，剛來美國時正好是非常寒冷的冬天，她要跟媽媽開兩個小時的車到跳蚤市場擺攤子，她問我有什麼東西才能夠使身體暖和不會冷？

有一天她跟媽媽去擺攤，發現原來媽媽講的英文全部是錯的，客人把手錶拿起來用搖的，但又不買，媽媽生氣說：No buy go away no buy go away！只爲把不想買的客人趕跑。Momo問我可不可以不要用這麼粗魯的方式，但也能做好生意？

如果是Momo這樣的狀況，**我要如何在教室設計上課內容，才能對她的生活有幫助？如**

果我要解決這位俠女的生活問題，一定要先解決她媽媽的問題。因此Momo要有一技之長。如果她星期六、日都必須去擺攤子，那麼星期一到星期五之間必須要能夠找到工作。

在這裡很多華裔拉丁裔都學做指甲，於是我上網查學做指甲的一些資料以及需要的東西，從中我一邊教英文，一邊讓Momo學習做指甲。然後我讓全班都要給Momo做指甲，有的男同學一開始本來很抵抗，後來大家會發現他們其實正在幫Momo練習如何成爲一個美甲師。

Momo也會觀察每個同學喜歡什麼顏色，讓每個人都有不同的顏色，第二天再換上另一種顏色，在這些互動的過程中，同學們彼此了解他們正在支持Momo的工作，從中他們也能夠分享彼此關於新移民的心聲。而我因爲設計了這個美甲的課程，了解到做這個行業需要什麼樣的證書與保障，透過學生我才需要了解這些東西，也才會去了解在紐約各行各業的狀況。

把學生的需要放入課程之中。有人想要到餐館工作，在紐約，餐館人員必須要有保健衛生的常識與證照，我大概花了三個月的時間消化法規與考試項目，然後把內容用簡單的英文寫出來，並且把冰箱的東西重新整理，如果雞鴨牛肉蔬菜都是你必要學的英文，就必須放在一個存在的地方，而不是天馬行空在書上看看就可以，也不是問問你愛不愛吃之類的會話。當你把這些物件放在一個位置上時，就增加了物件的環節，在不知不覺中擁有關於保健衛生的專業知識。

暑假的時候，我們策劃攤位義賣，請Momo把跟媽媽擺攤的經驗放在我們義賣的攤位上，讓她來召集我們要如何在沒有成本的情況下，做出屬於我們自己的創意產品?Momo分析她在擺攤上各種賣過的產品，然後想出把舊T恤做成環保袋，剩下的布再捲成小球然後串起來就變成一條項鍊，或者可以把剩下的布拿來做成小枕頭。對她來說，我所教的**英文是在幫她累積基本知識，讓她把這些常識放在對的地方然後運用出來**。

Momo因爲負擔家庭的壓力，不知道是否要繼續念大學，但我把這個決定留給她自己來選擇，同時我進行另一個輔助項目是組成九個中國學生的課程，由於是中國學生，所以必須要一個會講中文的助教，Momo可以擔任這個助教的工作，這是有給薪的工作。我們在每個星期四爲這個新課程進行特訓。每次老師們看Momo走得非常快速像個俠女一樣去批貨，然後大包小包帶進教室，老師看到她爲生活拚命的樣子，也會引發其他人想到自己的資源，於是大家幫她找到一個可以賣衣服的地方，除了週末Momo要跟媽媽去擺攤之外，星期一到星期五她可以去店裡幫忙賣衣服。

這些都是從英文課來的，你不能說Momo很認眞學英文，她是很認眞想要賺錢，而爲了賺錢她要學英文，這是她非常清楚的目標。

在Momo的身上，我跟其他學生一樣會找機會單獨與她深談，但不會是在她剛來教室的時候，當我觀察她會遲到而開始注意到這個孩子對於家庭的責任感，我想如果她一定要照顧好媽媽妹妹才開始照顧自己是不能改變的事實，那麼我就要針對她的需要來幫助她，而不是一味責怪她的遲到。因此針對她的通勤，有一些功課是可以在火車上進行，我讓她去學做指甲，另外拿到一份有薪水的工作。

我發現不只是Momo，其他學生都有同樣的需要，玫瑰、紫羅蘭，有的假日要幫爸爸賣魚丸，有的要去餐館打工十幾個小時，他們可能都沒有基本工資，而只是拿小費而已。在這個大花園的每一個人都有他們各自的需求，他們不是留學生，不是國家規定的義務教育，但是當我把他們的需求放在課堂上，這些無家可歸，在街上流浪的孩子，來到教室發現有人會問他們有沒有吃早餐，關心他們。而當**他們得到了一份關懷，並不是平白無故接受，是他們也要有付出才能得到，這就是我教的英文課，在互動中如何付出，如何給予。我給你，然後你再去給別人；我良善對你，你也去發揮良善，一個小愛心可以再生出好幾個小愛心，不斷長大的愛心就像植物一樣長大，然後分家出去，熱情也就是這樣一一感染出去。**

我告訴學生，如果沒有觀察，就無法學習。即使你背熟了一大堆英文單字，然而沒有去觀察周圍，就不知道如何運用。就像寫文章一樣，有一堆字但沒有內容是寫不出來的，所以我給學生製造機會，讓他們去發生內容。我的學生很多都在服務業工作，我沒有教，他們都知道服務叫做「server」，但他們不知道當我們打羽毛球時發球的人，也叫做「server」，因爲發球的人做了這個動作之後，大家才可以進行一場比賽。通常你以爲這個字只是簡單的服務的意思，可是當你把這個字放在不同的地方，譬如說「server your country」，就成爲你爲國家效勞犧牲，這個國家才能繼續壯大下去。

我**把英文生活化**，但我**更把英文邏輯化**。

Momo在教室常常咧著嘴笑咪咪，她的笑就像向日葵一樣，而Momo說如果她是向日葵，那麼我就是陽光，向日葵永遠跟著陽光轉。

學生總是把我比喻成像風、陽光、水這些元素，他們永遠不會混淆我所存在的位置。只是有時我自己常常混淆，當我跟學生一起打籃球，一起上菜市場，一起走在街上時，我會以爲自己只有十八、九歲，我跟他們在一起成長，一起面對問題。

以前我在酒吧打工，最後要離開的時候，老闆娘把店裡各種不同啤酒酒廠送的T恤全送給了我，還哭著對我說，從來沒看過這麼好的員工……

最近我發現有人說我是一個好老師。

我不是很清楚好老師的定義是什麼，但我從來沒有懷疑我的工作態度。不論我做的是什麼工作，我最大的特質就是**做一個解決問題的人**。以前在酒吧打工的時候，當大家空閒偷懶時，我想到如果這個杯子不洗乾淨，等一下酒吧人多的時候一定會一團混亂。並不是我特別勤勞，而是我先做了準備。教學生的時候，也是在解決學生的問題，如果Momo早上餓肚子她就無法來上課，整天揹著家當的學生流浪到早上八點站在門口等我上課，我要如何解決他們的問題呢？我是一個好老師嗎？我只是一個不斷解決問題，讓自己進步的人。

英文的味覺

想到十八歲時我在新店兼一堂英文課，覺得英文是有味覺的。

有天，在複習時我把課本裡的內容拿來問學生：

我：What is your favorite food?

學生：Hamburger! Pizza!

當時有些學生沒回答，我又用中文問一次。

我：你們最愛吃的東西是什麼？

學生：鹽酥雞、臭豆腐、滷味。

在教室裡，烹飪、製作食材經常成為我們上英文課時很重要的內容。用食物作為英文課前的準備，我先找了些跟味覺和味蕾有關的資料，才發現味蕾是看不到的，甚至每個人所擁有的味蕾數量是不同的。當我在準備品嚐食物要用的英文字彙時，發現味道所用的字跟味覺是不同的，間接地也了解到其實我們可以訓練吃的習慣，因為味蕾是不斷重生的，所以基本上，味蕾傳達食物的口感到腦袋裡，我們的味蕾可以被訓練。

有一個學生在煮菜課時說，不是他們國家的東西，他不吃。

有一天我做了一個南瓜蛋糕，我把椰奶放進切開的南瓜裡面，外觀看起來就像在南瓜的綠皮中間蒸出一層椰奶的顏色。南瓜蛋糕是準備給同學當點心吃，可是這個學生拿到這塊南瓜蛋糕，他試都沒試，就把整個蛋糕丟進垃圾桶……

我知道有的學生不喜歡吃南瓜，但我會希望他們可以嚐一嚐，因為南瓜在美國是非常主要的食品，萬聖節的主角就是南瓜，絕對不只是裝飾品而已。所以你一定要嚐一嚐，知道了是甜是苦的味道之後，你的經驗才會多一個形容，而透過這個蛋糕，我們要學習關於味覺的各種描述。但這個同學馬上把那塊蛋糕丟掉，**他丟掉的不只是南瓜蛋糕而已，他還丟掉了一**

個學習的機會，丟掉了一個尊重的機會，尊重我，以及尊重另一個文化。

當你來到一個能夠接觸各種文化的環境，中國、拉丁美洲、歐洲……各式各樣民族文化的地方，你還執著希望吃到跟家鄉一模一樣的東西，那麼我只能告訴你，你學的英文完全沒有用，爲什麼呢？因爲只要你拒絕現在我們所嘗試的任何一樣東西，你就沒有任何一個對象可以跟你分享。

我說，這堂英文課就是要嚐一嚐南瓜，如果你把南瓜丟掉，就是把英文丟掉。不是要你從此愛上南瓜取代你習慣的飲食，而是你沒有給南瓜一個教你味覺的機會。

我試著把學習英文的等號關係告訴他。你看見這個學生在人格特質上表現得是很堅持自己的想法，同時也非常獨立，可以說是嚴謹自律型的特質。但我如何教嚴謹自律，而不是教他們孤芳自賞，變成任何人都不看在眼裡？拒絕嘗試理解不同的文化，是一種懶惰，也就是把長久以來的行爲養成習慣，別人說的話自己不用去思考就認爲是理所當然。如果年輕的他們每天都懶一點，拒絕這個，拒絕那個，他們如何能夠走得長長久久？

我們用手工方式製作T恤，自己絹印，親手調製染料，把我們想的圖案創意，印在布上面，然後拿去義賣。這個學生，做絹印的時候，他翹著兩根小指，怕弄髒自己的手，小心翼翼拿著色版，壓印的時候，他只用食指壓大版，沒有使力的話絹印完全看不出效果。我告訴

MEMO
08

- [x] 不是英文會話多麼流利，不是英文分數決定了什麼，如果你只是背熟一堆英文單字，求高分，卻沒有關心人關心環境，你才是失去競爭力！

- [x] 這堂英文課就是要嚐一嚐南瓜，如果你把南瓜丟掉，就是把英文丟掉。

- [x] 如果你沒有觀察，你就無法學習。即使你背熟了一大堆英文單字，然而沒有去觀察周圍，就不知道如何運用。

他，早上的課我們安排要去菜園拔菜，然後回教室進行烹飪學習，如果現在就怕弄髒自己的手，那麼從明天開始，可以不用來上課，因爲我們只是彼此浪費時間而已。

第二天他下午三點半來。

再隔一天，他早上十點出現在教室。

他以爲我忘記了對他的禁令，跟我說早安。但是我還是請他出去。

我告訴他，很抱歉，一個月以來每次我都提醒他，即使他央求我再給他一次機會。是的，這個學生他不是懶，他是有機會改變的，但是他放棄了。懶和放棄是一線之隔，當我們明明知道但卻不想做，等於放棄了更多東西。

我陪他走出校門口，這是我對學生的嚴格，但是我知道，下一次他會主動成爲嘗試不同文化的人。

羞澀的紫羅蘭

在營造互助合作的環境下，會出現一些學生，永遠處在被幫助的對象，也許這些學生並不是害羞，不敢表達，而是當我把學習環境分組之後，簡單化的互助合作，反而讓有些人失去了學習的機會。

羞澀的紫羅蘭，來教室三個月。她不太說話，如果要說，便用她的母語，她是女生，幫她的總是一群男生。但我想讓來到美國的學生明白，在美國男女平等是很重要的，他們需要去了解平等的位置，這也是在學習第二語言的狀態，透過這個語言去了解別人用的英文和國家文明的發展，女權男權平權種族歧視是怎麼一回事。這樣一朵紫羅蘭，雖然沒有特別要男生幫忙，但有時候別人的藉口會成爲她的藉口，她對我來說是一個教學的挑戰。

本來考試測驗只有考八分的她，短短時間之內，竟然可以進步到六十幾分，紫羅蘭很聰明，即使用猜的，也能夠猜出我上課的內容。紫羅蘭嬌滴滴好像很羞澀，但很有個性，當她聽不懂我的英文時，她會在座位上直接拿起小說讀，或戴上iPod耳機，完全就不把上課當一回事。

我知道互助合作的環境是我所營造的，但當這個環境的營造產生問題，我也必須從中去找出解決方法。

我把紫羅蘭跟其他四個同學，送去另一個班級上課，學習結束之後，他們必須各自找工讀機會。一開始紫羅蘭永遠有其他四個同學幫助她，她可以不用聽得懂，同學會主動傳達給她，但當其他四個同學已經將履歷完成，也得到工讀機會的回覆時，這時紫羅蘭開始緊張了，因爲她突然覺得孤立無援，她在完全沒有互助合作的情況下，才警覺到自己的處境。

最近我接到她非常緊急的電話，告訴我，她的音樂課被當了，希望我能夠開出證明書，證明她在學校的藝術課程。她非常謙虛而迫切地央求我的證明，否則她無法順利畢業……聽到她說音樂課被當，我想如果不是她上課特別傲慢讓老師下最後通牒，通常音樂課不會成爲無法畢業的主要原因。

紫羅蘭沒有了自己的味道，她本來可以盡情發揮她的特質，可是她以理所當然的態度來維持既定的習慣，她最多僅僅只能在人群中孤芳自賞，無法美麗。

清新雛菊

他講話之前，一定會先撥弄自己的頭髮，或者一談到某些事情，讓他開始緊張時，他就不自覺出現一些小動作。有些人的小動作讓你感覺嫵媚，有味道，但這個孩子很明顯地他的小動作是在掩飾焦慮、不安。他有時候完全不說一句話，即使說了，也是非常輕聲細語。

他感覺上似乎沒有自信，可是另一方面，我發現他是個有能力的孩子。

有一次，我聽見他對著另一個男孩子，情緒激動用很大聲的聲音說：Don't touch me. I don't like you touching me!

這個激烈的反應，跟平常我看到的他，有些反常。

通常來自中南美洲的孩子，一見面常常會摟摟抱抱，但可能有些人在其中就會比較超過禮貌的範圍。這個學生來教室兩個月，我發現他對於那樣的摟抱並不喜歡，所以他採取保持距離的方式，但還是盡量維持某種程度的禮貌。

在教室裡，我會讓同學有一種安全感，可以盡量說出自己眞正的感受，speak your mind，尤其當碰到一些不同文化的習慣時，你可以試著讓對方知道。我問他，爲什麼反應那麼激烈？他說，因爲已經告訴對方很多次，所以他只好用強硬一點的口氣，但他並不討厭那個同學，只是想讓他知道自己並不喜歡。他學習speak my mind。

他雖然給人雲淡風輕的感覺，就像一朵清新的雛菊，可是他說話態度強硬，動作大，我明白他的能力無法被忽略。這個原本羞澀的孩子，不再羞澀了。

我把他畫的圖放在黑板上，他的畫受到全班的讚美；在班上營造問問題時，我的引導是第一個問他的想法是什麼，而他覺得自己必須第一個回答，這樣其他同學才知道如何回答，況且他是有能力回答問題的人，只是膽量不夠。當我主動問他的時候，他不覺得是在課堂上發言，只是在回答我的問題而已，我**讓有能力的同學習慣在大眾面前回答問題，這個步驟可以慢慢消除他們在人群前面講話的緊張感**。

在團體人群中，我希望讓大家發現他的美麗。

小雛菊非常不起眼，但只要春天一到，在草原上可以看到一朵一朵的小雛菊，你可以摘來編織花圈戴在頭上。在英國，我學會編雛菊，我會把雛菊戴在身上，但不一定會戴玫瑰或蘭花，我不是標新立異，而是享受春天的過程。

這個學生常讓我想起春天的雛菊。

偶爾我想去買一杯咖啡，請他幫忙帶看班上的同學，回來時，看見他在教室走來走去看同學的功課，簡直像我的化身一樣；我送他到另一個班級再去幫助其他的同學，短短六個月的時間，我**給他責任，他也給自己很多自我挑戰，要求自我規律，慢慢責任變成不是我給的，而是他每天固定要求自己的**。儘管很辛苦，但他找出一個方式讓自己保持清新，把工作當成學習，他的存在永遠像雛菊一樣發出淡淡的香味。現在他是其他同學商量的對象，他會告訴我，We will try it out first, if we still can't get it, we will let you know. 這句沒有「I」(我)這個字的句子。我看到一株在草原裡的雛菊，挺直風貌，代表著他的草地朋友們，發聲。他讓我了解，他們有步驟解決問題，如果不能解決，他們會告訴我。

分家的蒲公英

生日的時候可以吹蠟燭許願，同樣也有這樣的傳聞，當你對著種子花狀的蒲公英許個願，用力地吹，你的夢想也會成真。沒有人相信當你想要傳達思念給一個人的時候，面對著雪白的蒲公英，對它吹氣的時候同時想著自己所思念的人的樣子，在你的腦海裡，蒲公英就會把你的思念帶到思念的人身邊。

每次到學期結束的時候，我都覺得我給學生的結業感言，就像對著等待隨風而逝的蒲公英叮嚀，我許的願是他們都能夠落地生根。

但他們每個人獨立的方式，與他們學習的態度息息相關。

不太愛說話的蒲公英，當班上有同學想去大學報名卻不知道怎麼去時，他會主動帶路，陪同學一起去報名。當他發現在班上有哪個同學沒有伴，需要人陪，他就主動成爲那個陪伴的人。

有一天，他跟學校的一個老師發飆。這不太可能，因爲他總是非常體貼地陪伴其他同學，怎麼會對老師發脾氣呢？當我問他時，他用很破的英文劈里啪啦講了一長串，他很生氣明明可以一星期或一天就可完成的資料，爲什麼連續一個月不斷跟他說要補這個，要補那個，他覺得老師不應該這樣對待他。我完全贊同他的說法，但我告訴他，**當我們與人溝通問題時，不能用生氣的態度，這樣會讓對方認爲我們說的是氣話而不是講道理。**

蒲公英需要繳交這些資料的原因，是因爲我將他安排到一個新的課程計畫當中，但因爲前置過程的繁瑣讓他想要打退堂鼓。他告訴我，我們每個學生就像蒲公英一樣，一吹就會各自分家，我們能夠各自獨立，不用特別爲他操心。這個孩子的狀況的確問題比較少，他比其他學生經濟條件跟生活環境都好，在他的角度來看，他不需要我的保護，但其他同學需要我。當他想要放棄進入新的學習計畫時，我鼓勵他，現在開始解決每一件麻煩的事情，就是一堂課。

在我的教室，我從來不問身分。

蒲公英曾經在ＦＢ上留言，說：老師，我是特別的，因爲我沒有居留權。

有一天就發生一件令人沮喪的事情，其中有個學生將自己的身分文件帶在身上，可是卻發現文件不見了，大家怎麼找都找不到，這個學生連續一個星期，質問那些沒有身分的同學，是不是偷了他的居留證……

看起來一個普通的身分證明，會成爲彼此互相懷疑、仇視的引爆點。

所以我總是特別小心處理，如果身分問題讓原本陽光善良積極，樂於助人的孩子變得神經質，不願相信任何人，那麼沒有身分的時間拖得越久，孩子處於神經質的狀態就會越嚴重。這不是他的特質，但因爲外在因素有可能改變他的人格。

最近我觀察台灣的教師甄選，看到有個網站寫出目前台灣老師的缺額很少，因爲擁有老師資格的人太多了。當你教的是年齡小的學生，老師便要充滿活力與動感，當教育的講台變成舞台時，你會發現遴選的標準接近在秀場的經驗，老師站在講台上，就像站在舞台上表演一樣，比一比誰的笑點多，台上台下大家都很享受，只要通過教育訓練，每個人都可以成爲老師的規格。但最後我們會懷疑，眞的已經找到好老師了嗎？或者會體罰講話犀利的老師只注意學生的成績，不會關心學生家裡的環境背景，也不想知道，因爲在職責上做一個老師就是把分內的工作完成。

我的學生百分之九十來自低收入戶家庭，大部分跟父母分開平均有七、八年以上，學生在早上八點鐘已經在校門口等，如果十點上課，他們可能已經等了兩個小時了。而你也可以預期他們昨晚有可能是抱著全身的家當，神經緊張，隨時準備在防衛的狀態下，因爲可能隨時會被搶。我的學生是教育體系的流浪兒，從少年觀護、幫派來的，他們進入教室時，有可能是經過許多拒絕之後的最後一站……作爲這些學生的老師，我**時時警惕，也提醒自己**。

如果有人覺得我是一個好老師，那麼我可以告訴你，當你每天花一個小時跟學生一起煮飯做菜吃午餐，你以爲犧牲一個小時，兩、三個月之後你發現你得到學生的心，他們就開始與你同仇敵愾，站在同一陣線上。並不是我特別有當好老師的天分，而是如果你也有心願意這樣做，未來的兩、三年你不用擔心你的犧牲，因爲學生會用同樣的方式投資予你。如果你無法對自己這樣自我要求，就無法跟你的學生一起美麗，頂多只是你自己**孤芳自賞**罷了。我**讓學生每一個人都可以去取代我**，他們像蒲公英一樣各自分家獨立，等到他們取代我的那一天，那才是最棒的。

MEMO
09

- ☑ 拒絕嘗試理解不同的文化，是一種懶惰。

- ☑ 別人說的話，自己都不用去思考就認為理所當然也是一種懶惰。

- ☑ 給責任，也給自我挑戰，慢慢責任變成每天固定要求的自我規律。

自娛娛人

神經質

neuroticism

我住的地方有個小花園，綠籬笆是七株高聳的大樹。現在花園裡啥都長不好，原來大樹把長出來的苗都蓋下去了，自私地把陽光都阻隔了。有些學生一來教室報到，就選擇坐在最後一排，離門口最遠，也不常走動，像後院裡的大樹的存在有種挑釁的感覺，院子裡的花草有被挑戰的負面氣氛。一陣風吹過，大樹們冷颼颼顫抖，感覺好像坐在離我最遠的那群學生，孤單地挑戰對生命的不滿，也對自己無助地恐慌著。

冷靜的小黃瓜

老師一邊把「as…as（like）」寫在黑板，一邊口述「這是什麼跟什麼一樣」的意思，到底什麼才可以跟什麼一樣？越聽越糊塗。阿甘正傳裡，他握著的那盒人生巧克力，「Life was like a box of chocolates. You never know what you're gonna get.」你永遠不知道你會得到什麼。人生跟巧克力一樣，這樣的直喻法（simile），容易懂，意義深遠，比喻手法是將想傳達的內容，用例子清楚地表達，可以天馬行空地找出兩件事的共同相似處，我用「simile」開發想像力。站在講台前觀察學生，想像空間無限大，清楚他們每個人的樣子，有些學生跟蜜蜂一樣忙碌「as busy as a bee」；有些無後顧之憂的學生「as free as a bird」，還有一些「as cool as a cucumber」。有時我看到他們心裡的想法，甚至看到他們未來的樣子，我所觀察的每個人一定比他們所能看到的自己還要多，我會把我的觀察跟他們分享，**學生的路，要他們自己去走了才會知道**，我能做的，有時是提供方向，以及不斷給予他們準備的力量。

孩子們的敏感個性在青少年的階段更爲凸顯，因爲敏感所以競爭性也很強，在意自己的一言一行，害怕自尊心受到傷害，學習上他們想要讓老師高興，想要取悅老師，得到老師的認同。很多教育學家提出老師不能說「不」這個字，你說學生「不乖」，學生會覺得「我很壞」嗎？你不能說學生「不好」，而是要告訴他們「怎麼做可以更好」。「Be good」，而不是「Don't do bad things」，在學生敏感的個性當中，老師選擇在語言中的正面與負面用詞聽起來感受非常不一樣，**正面的語言讓學生相信自己有能力可以遠離麻煩**。

我花了三、四年的時間關注一個天生神經質而敏感的學生，他原本長得胖胖壯壯，但突然之間變得非常消瘦，上課時我聞到他渾身濃濃的酒味，他沒見過媽媽，從小被奶奶養大，這個孩子先天神經敏感，加上用藥酗酒，我不用細問也明白他內心所存在的那種自我毀滅性格。有一天其他同學跟我說，他被砍了……

他買不到友情，買不到親情，買不到工作，買不到一個未來，但醉，他很容易買，買醉之後，他能夠忘記很多事情。當我知道他在街上被砍，可是沒有人有其他線索可以告訴我他的生死安危，我無從知道他的任何消息，同樣在我神經質的腦子裡開始可怕的想像以及焦慮無限擴大，爲了讓這不斷侵蝕理智的焦慮停止，我告訴自己只能放棄對他的擔心與緊張。對於這個孩子，我所能做的便是在學校能夠承認收留的年紀裡，盡量支援他到二十三歲，但之後如果我再繼續幫他，等於就是害了他。我心裡很清楚當我不再幫他，我必須要去承擔因他的事情所引起的焦慮，但誰會知道結果一定是錯的呢？

針對這些敏感而神經質的孩子，我希望能夠教他們冷靜，或許也不能說是冷靜，而是轉移焦慮的狀態。

每個人都會經歷神經質的階段，這個階段並不是因爲你有特別的個性才會如此，而是當我們處在不明白結果與方向的時候，我們便會產生緊張情緒的狀態。所以在我的課程中，我讓學生明白路標，當你在街上迷路時，可以減少緊張的狀態，你不會因爲著急找路而越走越遠，當你害羞不敢問人，認識地圖路標可以讓你有方向。當你隨時準備好，碰到與自己煎熬拔河的時候，你就可以轉移自己的焦慮。

會以小黃瓜來譬喻，就是代表著冷靜的一面，在我的學生當中，有許多冷靜的小黃瓜代表。我讓學生知道，我們經過討論與商量決定去做一些事情時，無論發生什麼後果大家也必須一起承擔。這一章節想說的自娛娛人的能力，便是讓學生能夠對自己有放心的能力。我出版第一本書《當自己最棒的英文老師》時，帶一個學生Daisy回台灣宣傳新書，她也是冷靜小黃瓜當中的其中一個，她對外所講的每一句話，都代表我，以及後果都由我們一起承擔。

我想到有一次在聯合廣場擺攤子，會場上有上百人，我們安排了小燈還有Daisy上台講話，一個中文一個英文，當時兩個人已經緊張得說不出話來，Daisy告訴我說台下一片人潮像毯子一樣，也是，如果我也一起緊張的話，學生會更不知所措。我告訴他們，反正就是五分鐘，況且我們不是一個人，我們是一群人，因爲我安排了一些義工，當他們上台時，要熱烈鼓掌，歡呼拍手。這個過程不只是因爲擺攤子賣書，而是我要讓其他學生們看見我們站在舞台上，我們要把做的事情分享給別人知道，並且我要教學生怎麼面對緊張，讓他們熟悉這些狀況，往後遇到什麼大風大浪也就是這樣而已沒什麼好怕的。

後來有學生跟我說，過去總覺得自己英文不好，但現在發現不是英文不好，而是根本不知道下一步到底要他們做什麼，他們沒有英文上的問題，但不清楚這個英文老師下一步又要出什麼花招了？我讓他們做完一件事情之後，緊接著又進行了下一件，如此一來，每次的起點都從之前的事情累積起來，每天每個知識的距離都是看得出來的。

現在我們在教室進行的水耕直立農場，也是這樣累積的學習。我問學生能不能算出水耕每一年的電費是多少？大家開始上網查紐約一度電費的價錢，然後以水耕打氣的幫浦計時，算出一年的電費是十五美金。接著我繼續問他們附近一客沙拉的價錢，他們開始分組到學校附近詢價，得到一客沙拉是美金六點九毛九，我繼續再往上加問題，如果因爲這個水耕直立農場，有人每天可以吃一客沙拉的話，那麼一年可以省多少錢？看著學生們種的小黃瓜，回想我們已經歷經了多少學習的挑戰，挑戰多，需要更多的消化整理，才能擁有今天的冷靜的思考思緒。

MEMO 10

- ☑ 我們與人溝通問題時，不能用生氣的態度，對方會認為我們說的是氣話而不是講道理。

- ☑ 現在開始解決每一件麻煩的事情，就是一堂課。

- ☑ Be good，而不是 Don't do bad things.

每個學生以爲他們做完了水耕直立農場，就好像把作業完成了，但我讓他們每次從不同起點一直累積，當學校其他人看到農場時，會問學生許多問題時，他們對農場知識的距離也變得不同了。他們會發現從剛開始的倉皇，以爲是因爲不懂英文，但其實在學習的過程中，老師所講的東西都非常的簡單，根本沒有什麼難懂的單字，可是卻實踐了「Hydroponic」這個字的用法；這與你花五分鐘查字典，跟花兩、三星期把水耕農場完成，植物慢慢爬藤，完全知道把水耕的概念用出來，兩者的知識與經驗累積，哪一個比較永久？

在上中級班的時候，我們第一堂課的自我介紹，我都會挑戰學生，介紹他們名字時是用意義來介紹，同時想一個手勢。像有一位學生的名字是希臘神話中的女戰神，她會拿著矛和盾的樣子，當Fabiola介紹她的名字時，她展現的是一位領導者的姿勢，她介紹她名字的意義是領導、組織的渴望。

在這本書所描寫的每個學生，他們在我的花園裡面都代表著一種花與植物，他們以各種名稱出現在這裡，但我現在所要講的其中一位冷靜的小黃瓜，我想讓她以眞名字出場，我們大家都叫她Fabiola。

二〇〇七年她因爲一場交通意外過世了。

現在在教室的書架上，貼有一張「Fabiola的書櫃」的紙條，放的就是她捐出來的書，全部是西班牙文，還有她從打工的地方帶來公司不要的兩大疊影印紙，我把那兩疊紙一直放在Fabiola的書櫃旁，提醒自己這個學生所帶給我的啓示與精神。

Fabiola絕對不是那種一走進教室就會很快被注意到的學生，她說話輕聲細語，但這短暫的陌生與害怕只是因爲剛進入到一個不熟悉環境的不適應，其實她吆喝起來的聲音跟我一樣大聲。來到教室後她很清楚自己要繼續念大學，這個同樣沒有身分的小女生，她的西班牙文程度比一般從中南美洲來的學生還要好，因此我們開了一堂課教西班牙文，我們一起備課，她負責教那些西班牙文程度比較不好的學生，然後我們再教英文。我對她比對其他學生嚴格，雖然一開始她覺得負擔很大，但慢慢她變得駕輕就熟，對自己推展西班牙文所扮演的角色越來越有自信，接著我將她送往專門教師訓練的地方上課，我一**邊進行英文教學，一邊推動學生的在職訓練**。

有一次我們知道在芝加哥要舉行推動西班牙文的會議，Fabiola積極提出一定要去參加，如果不去就沒有人知道我們的努力。但因爲身分問題，如果中途遇到警察詢問等等就會讓問題變得複雜。本來打算放棄這個機會，但Fabiola堅持應該參加，我們沙盤推演，討論與準備，讓他們了解如果萬一發生其他的狀況，如何可以冷靜處理，而不會一下子慌了手腳措手不及，我們可以用冷靜的情緒來處理事情。

Fabiola後來平安回來，我明白她在群體中能夠產生影響力，能夠發亮，因爲她的分享、她的愛。

聽到她發生車禍的那一剎那，我衝出教室無法上課，學校將我的課程暫停，並且把班上的學生安排到另一個教室，但這時，我希望大家不要冷靜，如果悲傷就哭出來，如果難過就好好傷心，沒有關係。**冷靜不是教每個人不能哭不能笑，隱藏內心的情緒，而是當你哭過笑過之後，你才能夠眞正體會自己。**

參加Fabiola葬禮的朋友有兩百多人。二十一歲的她，我曾經想如果我對她的要求沒有那麼高的話，是否她可以更開開心心過每一天？在她二十一歲的生命裡不會有我給她的壓力，我希望她能夠走得遠走得寬廣，但我何以能夠預料到她那麼年輕就離開？她以那麼快速而短暫的生命過程提醒我什麼呢？我的懊悔還是我的歉疚？我看見其他與Fabiola曾經在一起的同學在教室流淚，可是接著他們開始蒐集Fabiolla做的事情剪接了一段影片，他們把那一整排西班牙文的書櫃叫做「Fabiola書櫃」，他們貼了一張照片永遠紀念這個朋友，雖然現在大家都離開了學校，但只要我一召喚，他們馬上伸出援手回來幫忙……我惋惜自責嗎？後來我不這麼想了，生命的長短要如何計算呢？我看見Fabiola的生命繼續延伸，繼續透過其他的人影響更多的人，她的愛，不僅讓自己改變了，也繼續改變其他人。

MEMO
11

☑ 自己的路，要自己走了才知道。

☑ 當你哭過之後，你才能夠真正體會自己。

玉米粽子（Tamale）

古文明時期打仗的時候，女人上戰場當伙夫照顧部隊飲食，隨著戰爭和軍人的人口增加，聰明的女人，想到把玉米磨成粉蒸肉或其他副食品，用玉米葉包裹著，方便攜帶又容易飽，這是tamale，另一個爲解決問題而流傳下來的美食。

Tamale到處看得到也吃得到，在紐約的皇后區裡，大街小巷都有這種類似像台灣的粽子的食物，而我是到一個墨西哥學生家做家訪時，知道了這道食物。

這個學生每次做什麼活動，全家一定會到場支持，而且幾乎是全家出動捧場，這樣的家庭在教室裡並不多，你可以看見即使他們條件不好，但因爲家庭關係和樂互助，讓人感覺這個學生很富有。學生媽媽爲了答謝我教他小孩英文，決定要教我做玉米粽子這道料理。

有一天星期六早上，當我還睡眼惺忪，有人按了電鈴，一打開門，看見一個典型的和善的墨西哥婦人，露出白白的牙齒，扛著鍋子，帶著食材，站在門口。因爲語言不通，所以學生媽媽又帶了學生來翻譯，墨西哥媽媽每說一次作法，透過學生翻譯，我記錄到筆記本上。綠色的小番茄還要再包上一層像燈籠一樣的……cheese，西班牙文要說……在這些互動中，我的身分或許是學生的老師，但我發現我也成了他們家庭的一份子。當我了解我的學生，也了解到他是在如何的家庭中長大，就可以理解他的情緒發展。他來自的家庭的愛是均衡而充分的，他能夠有自娛娛人的能力也會有照顧其他人的能力，當他的家人對環境陌生時，他就成了家人與環境的中介者。

老師與學生家庭的關係，有時候常常處在過度緊張的狀態。過去在補教界我的經驗是，只要聽到有家長到教室來，第一個想法一定是家長又要來罵人了。在紐約新移民的生活有時是很封閉的，除了語言不通的關係，交往的對象可能都是親朋好友的小圈圈而已。但由於我這個東方面孔的老師，我成為這家人進入紐約社會，了解環境的一個管道。

玉米粽子學生，常跟我說他英文講得不夠好，每講兩句話就會夾雜一句「我不會講英文」，我了解他沒有自信是因為沒有被印證過。他來自一整個家庭成員都覺得自己英文不夠好的狀態，除了還沒有身分之外，做的工作也是勞工階層的辛苦工作。但因為我知道玉米粽子學生擁有家庭的養分，他的後援可以讓他多接受一些挑戰，我安排更多訓練的方式，首先需要先解決他的身分問題，培養他的專業技術。玉米粽子想要演戲。紐約有很多演員沒有戲可以演時，他們會來學校當義工，玉米粽子就可以跟著這些義工演員學習，然後他把所學到的再運用到教室教同學，等到他對自己的演出越來越有自信，再開始讓他跟其他劇團演出。

在這個階段的青少年，你有時很難要求他該做的事情都能夠負責做好，可是對玉米粽子來說，他非常盡責做好一個演員該做的事情。在劇團公演缺人時，他還可以馬上從別的劇團找到代替的人，你可以看到在團體中，他是屬於**非常互動型的學生**。

一開始玉米粽子說要當演員時，我知道這條路很艱辛，但我並**沒有馬上澆他冷水**，我找了一個演員同事當他的導師。有次暑假他說想演其中一個故事，我讓他開始籌備，然後他認眞改編故事，找演員，策劃整齣戲，演出之後得到非常大的讚美。現在我們幾乎安排一年有三場不同話劇的演出，有時義演賣票，迴響熱烈。玉米粽子不知道自己可以完成、成就事情，他四年前坐在教室的樣子，縮起肩膀，兩隻手掛在腳邊，一副很自卑的樣子，但透過他，我了解玉米粽子的家人，他的家人也經由玉米粽子開始與周遭環境互動。等他經驗過了之後，玉米粽子告訴我，或許他適合當導演，他跟他的導師，開始了他們的戲劇生涯。

當我們**不知道如何開始時，我們就來吃吧！**食物變成溝通的工具，像緊張害羞的人可以隨身攜帶一瓶水或一點糖果，吃一點就不會把焦點全部放在自己身上，也許腦袋無法分散注意力，但透過食物你的身體可以消除一點緊張與疲勞。

當每個同學跟我說他們的夢想時，我不會允許他們天馬行空胡謅。譬如有同學跟我說未來要當醫生，我就必須告訴他如果要當醫生，那麼從現在開始你要做的工作是什麼，我必須讓學生**知道夢想的後果**，這個後果不一定是不好，但是當你決定之後會有什麼狀況跟著來，因此你的行爲就要由後果來承擔。

玉米粽子讓我了解，這個孩子可以**把自己放在社會上找到自己的定位**，他從非常膽怯、謹愼與恐懼中，更具體建立了自己的自信。

南瓜臉

最近有部很紅的電視影集叫「陰屍路」（The Walking Dead），用了兩個互相牴觸的字，死的人是不可能走路的。矛盾的字放在一起，也是比喻手法。將相反的兩個字串聯，一個形容詞＋名詞，就是Oxymoron矛盾說法，好比給學生黑巧克力，讓學生品嚐「bitter sweet」苦跟甜的矛盾。這樣的味覺會喚起你怎樣的回憶？或者說，像跟好朋友競爭同一份工作，只有一個人能得到。我倒覺得在家門口擺上的萬聖節的「南瓜燈」（Jack-o'-lantern）也是一個矛盾的故事。這個習俗是源自於愛爾蘭，很久以前，有個名叫小氣傑克（Stingy Jack），既狡猾又人品差的人。當死神找上他時，小氣傑克欺騙了死神，讓死神不再取小氣傑克的性命。但當小氣傑克死後，他生前的作爲，讓天堂不願收留他，又因爲他戲弄死神，他也不被地獄接受。就這樣，死神只給小氣傑克一個燈籠（lantern），讓他能在天堂與地獄間遊蕩。小氣傑克化身「南瓜燈」（Jack-o'-lantern）像是「living dead」，作爲我矛盾這堂課的媒介。

萬聖節是美國一年一度的大節日，每次都要大費周章舉行遊行，校門口會有學生大排長龍爭相看遊行的隊伍。而在我的課程安排上，有一節是雕刻南瓜，但我並不是要講解雕刻，而是要教表情。

爲什麼要教表情？因爲**表情就是情緒**。在教室裡，正値青少年的學生，他們要如何反映自己的情緒？如果你在電腦打出表情的符號，哭臉跟笑臉，就是一種情緒表達。

我有一個來自葉門的學生，他是非常虔誠的回教徒，有一天我發現他的英文進步了，不是因爲他的分數變高，也不是他的考試通過了，而是他告訴我他的情緒。

他說，在學校沒有回教徒膜拜的地方，如果學校接受他是回教徒，應該要協助他，讓他有可以膜拜的地方。他的講法我非常贊同，從他的反應我發現他的英文進步了，漸漸在地化了。因爲在之前他對英文的表達只能用教科書上教的，但當他不再用教科書上的回答，我就明白他已經變成英文環境的人。他讓我明白，他要說的是：請尊重我，請看見我的存在。這就是「speak out your mind」。

這個學生每次都不太有表情，所以大家也不知道他到底喜歡或不喜歡，因爲不太有表情所以認爲他不好相處。可是當我們上課寫詩時，這是最難的情緒表達階段，他卻能夠豐富地用字遣詞，原來他不是沒有感情，他的情緒其實相當具有變化。有一回我們雕刻南瓜時，他的南瓜表情是笑臉中帶著眼淚。後來我才知道他喜歡班上另一個中國女同學；他是一個激進派回教徒，每天要膜拜五次以上，以他們的背景來看，很明顯是沒有未來的，加上他們十幾個學生感情很好，爲了不想私人的感情分化群體，所以他一直把喜歡的情愫埋在心裡。另一方面，葉門的家人不斷催促他回家完成終身大事。這個小南瓜在我身邊學英文是每一分鐘都花很大的壓力爭取來的，於是十九歲的他萬不得已只好回家履行家族責任。現在已經是二十三歲，是一個孩子的爸爸了。

小南瓜在FB上留言，告訴我他的近況，看著他的留言我覺得其實**改變的不是他，而是我被改變了**。小南瓜讓我了解不論宗教信仰如何，他就是一個充滿關懷的人。他的責任感讓我知道他不會成爲社會問題，他以眼淚和微笑來表達情緒，藉由雕刻南瓜的方式，自然而然地分擔與分享，壓力讓他變成動力來面對和解決問題。

茄子爸爸跟番茄媽媽

tomato番茄跟eggplant茄子，是兩個身分混淆的植物。他們是水果卻是被當菜類來煮食，他們果實是食材的角色，在水果跟菜中間很難二選一，像是我跟丹尼爾在教室裡一樣。丹尼爾不是老師，他是戲劇系的義工，帶很多戲劇班的學生，他跟我在教室搭配上課。每次他騎著腳踏車來學校，整張臉紅通通，像番茄一樣，而我常被學生氣得臉色發紫像茄子，在學生的眼中，他是番茄「媽媽」，而我是茄子「爸爸」。

有一天，一個叫小番茄的學生不見了。

辦公室同事連續來詢問好幾次，班上有個學生小番茄回來了嗎？平常不會有如此反常的詢問，小番茄的包包放在位子上，可是沒有人知道他去哪裡？過了午餐時間，他還沒有回到教室裡……同事終於說，有個跟小番茄同名同姓的人被砍了好幾刀躺在醫院裡……

被砍？躺在醫院？我無法思考這究竟是怎麼回事？半個小時過後，小番茄還是沒有回來，十分鐘後，我的胃開始絞痛，番茄媽媽馬上決定要我直接去醫院確認是不是小番茄，班上四十幾個學生他可以照顧。我們翻找小番茄的包包想找學生證，另外要通知小番茄的家人，許多後續的動作要進行，但當時我只專注在自己的情緒上面，找不到小番茄的學生證時我越找就越緊張操心，番茄媽媽反而越來越鎮定、冷靜。

醫院不斷打電話來，每個同事意見都不同，只要一人說一句，每一句話就給我一個壓力，每一個壓力都足夠讓我呼天搶地失去判斷，但我需要時間去處理我的情緒……而番茄媽媽默默在我的身邊，做了很多動作幫我處理，讓我不覺得孤單。

三十分鐘過後，小番茄回來了。

其實我應該知道他會回來的，只是多了那些戲劇性的電話，讓小番茄去吃午餐這件簡單的事變得非常不尋常，好像他的離開是永遠都不會回來了，等待的時間變得非常漫長而焦慮，我現在無法描述當時在教室的其他學生的細節，因爲我根本沒有心思去注意其他的學生，可是當時番茄媽媽卻異常冷靜地協調各種狀況。當看見小番茄出現在教室的那一刻，我大哭起來，因爲我的情緒需要有個出口，可是，站在一旁，三十分鐘前還完全冷靜思考的番茄媽媽卻哭得比我更厲害……

小番茄看見我們的反應，完全不知道發生了什麼事情。當他看見番茄媽媽在旁邊哭，茄子爸爸在生氣，他把我的表情解讀爲生氣，第一個理解是他一定做錯了什麼事，他想先解決茄子爸爸生氣的原因。這件事情結束後雖然我沒有特別要求，但小番茄每次去上廁所都記得向我報告，成爲他對我們的情緒反應所做的交代，這是他從這件事情學習的結果。

我跟番茄媽媽，在教室裡面常常一個人扮黑臉一個扮白臉，我們有各自不同的意見和看法，我們也會爭吵，但我們互相學習如何去輔助對方，學生看見我與番茄媽媽的互動，就是一個範本，了解如何自娛娛人。

學生會看見我們沒有性別之分，我們的角色扮演不是因爲是男生就只能做男生的事情，是女生也只能做女生該做的事情。如果只是這樣規範，在工作上我們沒有太多可以娛人與自娛的地方，因爲我們已經給了自己框架，限制自己的行爲表現。我對學生的要求很多，但不是因爲他們的性別而要求他們。

在教室我們訂出的規範都是經由大家討論出來的。我跟番茄媽媽是一個自娛娛人的範本，我們可以說都是神經質的藝術家，也比較感性，因此要理性地處理事情，讓我們兩人之間的關係互相搭配合作，讓學生看見我們的情緒不是發洩而是一個模範。

MEMO
12

- 為什麼要教表情？因為表情就是情緒。你在電腦上打上哭臉笑臉，就是一種情緒表達。

- 在教室裡不是因為男生只能做男生的事，女生只做女生該做的事，如果只有這個規範，我們已經給自己框架，限制自己。

堆滿零錢的許願池

經驗開放性

openness to experience

教室裡也有遊牧學生，我常欣賞他們來上課時，精心打扮的行頭，他們是沒有固定座位的，很隨遇而安的，覺得他們像蓄勢待發的蒲公英，風一吹他們就會乘風而去，到處逛逛滿足他們對事物的好奇。上課時瞄到他們在筆記本裡畫畫，他們的書包裡，塞滿了形形色色的寶貝，忙碌地展開好奇的生命旅行。

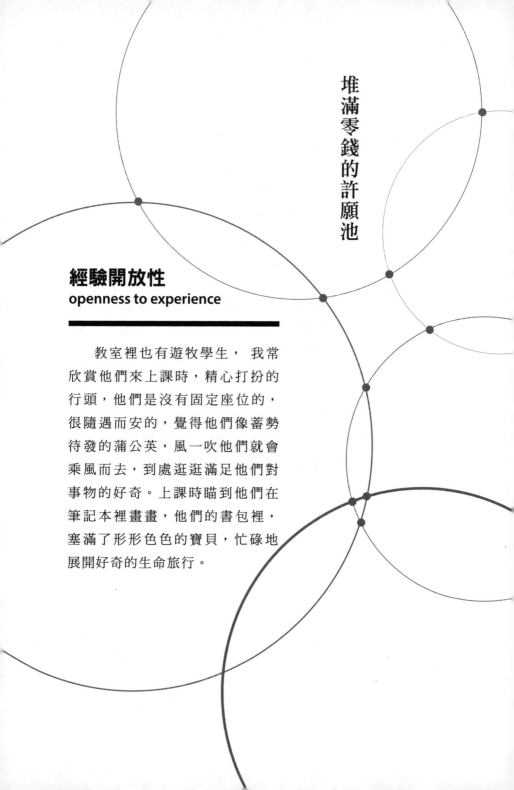

來到一個可以許願的地方

「Understatement」這個語言技巧，是有所保留的含義。學生常說：「I don't know English.」我認爲是有保留的說法。從這句話來研判，學生對英文是略知一二的，用這種委婉的方式來表達，我會做以下幾種可能的猜測：

1 我不是不懂英文，是沒有跟你一樣好。

2 我對我的英文沒自信。

3 我詞不達意。

4 你要如何把我教好。

作爲一個老師，分析能力要非常強，能夠揣測出學生的言外之意，往往一走進教室，很快可以感受到哪個學生愛表現，哪個學生善於交朋友，哪些學生容易緊張。在學習用新語言溝通的過程中，有的學生表達含蓄，有些言詞誇大，有些不善言詞。分析學生時，可以從學生的文章裡，看他有沒有用到擬人句、同義字、比喻或是譏諷的方法表達想法。

當一個老師，有一種直覺性是非常強烈的，往往一走進教室，很快可以感受到哪個學生有明星架式，哪個學生活潑外向。即使走在街上與人擦身而過，那種直覺性也常會不自覺反映出來。

七年前當我走進教室時，一眼看見他清秀而文質彬彬，安靜地坐在教室，我馬上可以感受到他的文學氣質。這個孩子心思敏感，在這個陌生環境裡，有他的苦悶與孤寂，剛來教室的他，會寫西班牙文的詩送給我，藉此來排解自己適應不良的心情。但深入了解之後，其實他的學習目標非常明確清楚，只是因爲碰到不熟悉的英文，過去在自己國家懂的部分無法施展。

對於他這樣已經十九、二十歲的人，開始學習一個新的語言，就變得像三歲小孩一樣，用西班牙文他可以寫詩，可是用英文他被當成笨蛋，心情的落差可想而知。對很多新移民來說，這種沮喪感加上家庭中其他現實的壓力，像要還債、暴力爭吵等等問題，都是造成新移民的社會問題，再加上周圍很多人對語言學習過程無知的反應，學生常常感到生氣或是心情很低落。當我想起自己的經驗，剛來學校上班報到的時候，周圍的人對我常常「大聲說話」，他們以爲我是新移民，以爲跟我說話大聲一點也許我就聽懂了，但是如果大聲一點就會聽得懂的話，我們是不是只要把學習CD放得大聲一點，大家就都聽懂了呢？大聲一點就沒有溝通的問題了嗎？答案當然是否定的！不是的！

我的學生雖然剛開始學英文，可是他們不是三歲小孩才剛開始學習溝通與表達，他們已經會思考，會有自己的想法，只是我們常常覺得溝通很多時候習慣用說的，沒有想過還有其他的方法，**當我們無法用剛學的語言說出來，其實我們可以用畫的、用寫的，不一定要用說的**。

於是我鼓勵他，多多寫詩。

他有過的不愉快經驗是曾經被霸凌，被欺負。所以他非常小心去選擇朋友，我尊重他的小心。一開始以爲他內向害羞，可是實際上他來教室沒多久就跟我表達他的目標需求，也滿清楚自己要做什麼。其實他是有自信的，有的學生一開始的低調只是因爲英文程度還不夠，所以他們不想讓自己鋒芒畢露，他們安靜、低調，這只是一種暫時的膠著狀態，這是他們還無法讓別人知道他們是誰的過程。

我不會把安靜看作是他的個性，我希望能夠**藉由課程上學習科目的互動讓他繼續有自信，進而找到他喜歡的朋友，更讓他清楚知道未來的目標與方向**。

我指派他**編輯週報**，他可以在週報上發表文章更建立自信，而他也不忸怩，一口就答應。果決的表現更讓我相信，我不用擔心他的未來，因爲他知道如何去經營自己要走的路。

七年期間，他高中畢業，自己找學校念技術科系，而後剃了大光頭進入海軍，擔任醫護人員，爲了當醫生他繼續準備很多考試。每年他會回來學校看我，說下次要穿海軍軍裝給我看……

九年過去了，他寫信來告訴我部隊要調到日本。回想起他每天來教室上課，他說自己**來到一個可以許願的地方，他的夢想與願望有一天可以實現……**我想每個來到教室的學生，都是帶著一個願望來的，他們也許不知道自己的特質在哪裡？也許不知道自己的表達可以用在哪一方面？但只要透過老師的注意與引導，可以更加深他們表達的意願與可能性。我不斷開創一些項目與支援體系，讓學生發揮他們自己能力的實用性，所謂教學的研究發展，就是這些想法。

當你教寫作，學生寫出來的文章，不單單是給老師一個人看，討好老師而已，也不只是因爲要得到高分，而是要讓很多人來驗證他們的寫作能力。當學生習慣寫出來的東西不是因爲要取悅老師，而是爲了要達到溝通的目的而寫，那麼他越早知道語言要怎麼用，就越能得到高分，分數只是驗證學習其中一個非常小的部分，當學生來到教室的第一天，不論他用的是哪種語言，他寫的是哪種文字，就是在被驗證了。

當每個學生來到我的教室，都懷抱著一個願望時，我希望我能夠支持他們實現願望。我聽過一首歌，意思是大家都跟許願池許願，那麼許願池會不會累呢？我問同學，如果老師累了，要換成老師跟你們許願……而每個學生跟我說：老師，我們也會實現妳的願望……

柔軟的水

Sherry像水一樣，有韌性又有彈性。任何小細節她都有辦法延伸出去，是一個相當具有領導特質的學生。但如果我把她剛進教室的樣子，跟我說話總是低著頭，頭髮往前蓋，聲音細細柔柔，當成是害羞的表現，那我就大錯特錯了。有的學生一開始不會讓你知道他是怎樣的人，在長輩面前表現尊敬的同時也往往把自己掩藏起來。

很多人學習新的語言時，以說母語的習慣來學習。Sherry也是其中之一，她說母語時習慣把字含在嘴裡，所以要求她學英文咬字要張大嘴巴發音時，她很難適應，因此她不常說話，也不習慣聽到自己所發出新的語言的聲音，但不能因此看作她是害羞的個性。

每個學生都有自己的特質，在群體當中如何發現學生的特質，除了本文一開始我提到自己的直覺性之外，我也會透過一對一的方式來了解學生的特質。但進行一對一是有時間表的，並不是每個學生一進到我的教室就馬上知道要跟老師一對一談話，而且我也不會在教室裡讓學生與我有一對一的對話。我往往用輕鬆的方式，如果了解這個學生對鞋子有概念，會邀請學生一起逛街，學生就會很自然地跟我說話，就像寫詩給我的許願池，讓他編輯週報發表文章一樣。

全班有三十人左右，至少每個人都需要花上一個星期的時間，而這也是我所進行的「領導者訓練」教案很重要的一個環節，我必須透過一對一的方式找出學生的需求，說得更清楚一點就是以英文教學爲基礎，底層包裝了「**領導者訓練**」。兩者就好像霜淇淋一樣，拉桿一壓下來會有兩種口味，這兩道不同顏色的口味，一是英文，一是領導者訓練。

從事教學經驗這些年，我認爲唯有領導者訓練才能把學生的需求全部包含進來。有的學生要進入大學念書，必須要有自我推薦的能力；有的學生必須工作，要具備履歷報告的能力；有的學生要照顧家人，是協助家庭的領導者。現在美國不論從國小到國中高中正在推行的教育就是領導者訓練，除此之外，我另外增加了公益慈善與環保的社會服務性概念，這個概念如同班上有學生願意站出來教其他同學英文，這就是一種公益。我認爲的公益是責任，而不是你捐多少錢，或者給幾塊錢才是公益，我的概念是**當你無條件站出來有責任地解決問題，就是公益的想法**。

Sherry是我領導者訓練的學生之一。

每次我要求學生繪製地圖時，Sherry的地圖往往是最漂亮最有創意的，所以我把她的作品發表出來，接受大家的讚美，她原本掩藏的自信會慢慢甦醒；當學校要布置教室前面的景觀時，也讓她設計需要的景觀植物，其他同學幫她蒐集圖案，然後由她完成繪圖，我把圖交給負責的人，告訴他們如果完成之後就會像這張圖一樣美麗……**給予學生信心就是這樣一點一滴累積起來**。同學們縫製好的花朵耳罩我會大方戴出去，回到教室之後，告訴大家已經有五張訂單了……當設計師的作品受到肯定，就會越畫越多，因爲這是給設計師的鼓勵。如果用英文去衡量這些學生有沒有自信，那需要花上一段時間，可是用他們做的東西賣出去，自然信心很快就會建立起來。

一旦信心被喚醒之後，Sherry就成爲團體當中的領導者，需要有人冒險犯難時，她會第一個舉手；需要有人去嘗試時，她也會第一個去做。她的包容性強，接受度高，如果以她剛來教室的低調狀態，她是很容易被忽略的孩子，但是現在只要她站出來，我就不用擔心。

然而**領導者訓練絕對不是獨裁者訓練**。

需注重團隊合作以及追隨者的向心力，當發生問題時，領導者要協助所有的人，而不是只顧到自己而已。於是當我看到Sherry成爲全班的領導位置時，我就會像跳凌波舞一樣，當大家達到通過目標之後，我讓竹竿再低一點，標準再高一點，我讓解決問題成爲Sherry學習的過程。

當其他人都放棄時，Sherry永遠會堅持到最後，她**內向型的外在，其實存在外向型的特質**，而當老師用對了方法，柔軟的水，自然水到渠成，她也會看見自己正一步一步往前走。

鞦韆上的視野

有時候玩樂在學習過程是必需的。

Robin的眉毛上有眉環，舌頭上有舌環，耳朵上有讓耳朵越來越大的耳環，每次上課坐在教室往往是一副小混混的樣子攤在那邊，他的眼神告訴我，妳不會西班牙文能夠教我什麼？我告訴他，如果你要上西班牙文，這就不是你應該來上的課。可是，Robin還是依然故我，也沒缺席，繼續像小混混般攤坐在教室裡。

Robin跟馬戲團來到美國工作，應該能夠獲得工作簽證，可是馬戲團卻宣布破產給不出薪水，Robin被趕出馬戲團，開始流浪。他來美國工作希望可以賺多一點錢，給生病的媽媽付醫療費，可是現在高中沒畢業的他，最多只能做苦力勞動的臨時工。他無家可歸到青少年收容所，而後知道可以到我的教室來，我們希望先解決他的身分問題，在法令上他的狀況可

MEMO 13

- 當你習慣寫出來的東西不是因為取悅老師而寫，是為了達到溝通的目的而寫，那麼你就更知道語言如何用。

- 領導者訓練不是獨裁者訓練。

以得到一些保護，他不像其他新移民的個案是透過社福單位讓他們有棲身之所，給他們資助，然後有些人就鬼混到二十一歲之後再另外找其他地方住。Robin去住收容所主要是想省錢，他每天晚上收垃圾到第二天早上八點，然後來教室上課，三、四點回去睡一下，晚上又繼續去收垃圾，他想要把省下來的錢寄回家給媽媽。

原本一直在教室冷眼旁觀的他，有一天我帶全班同學去溜冰，在溜冰場上我從來沒看過他笑得那麼開心……他一開始溜的時候動作很生疏害怕，不太敢溜，不過看得出來他很久以前溜過冰。他慢慢拉著其他會溜的同學，幾圈之後，似乎找回了溜冰的感覺還有旋律，再過一段時間，當他看到其他人不太敢溜，他也會去牽著同學的手一起溜，我發現他已經變成能夠把摔倒的同學拉起來的那個人……在溜冰場，他笑得非常開心……好像媽媽以前曾經帶他去溜過冰，他想起了在媽媽身邊的感覺……

那一次溜冰之後，他完全改變了。

本來一副誰都瞧不起的樣子，卻開始準時來上課，然後上課做筆記；本來看我的眼神很酷，現在卻充滿了溫情……我不知道一場溜冰的玩樂，可以改變Robin，但我真的很開心我花了那個時間。

我想起小學盪鞦韆的經驗，每次都是給搶得最快、最凶，或者功課最好的同學先盪，等到我的時候，上課鐘聲已經響了。同學放下鞦韆跑回教室，留下在旁邊等了好久好久的我，沒有人盪的鞦韆好不容易輪到我，盪了兩下之後，我心滿意足，最後一個跑進教室……

我看見Robin在溜冰場上笑著溜冰的樣子，好像看見他盪鞦韆飛起來了，他的笑就像同學都走光了輪到我坐在鞦韆上的笑一樣。飛起來了，我們可以忘記現實的壓力；飛起來了，好快樂……看見Robin的笑容，我想要幫同學們找出不用去搶鞦韆的機會，我想要讓他們可以越盪越高，看得越遠，可是無論再怎麼高他們都不會害怕、恐懼，因爲他們會知道有一個人可以幫助他們，這個人也可以讓鞦韆停下來，接住他們。

Robin從上課中一副小混混不良少年的姿態，完全不在乎、被動的態度轉變成心甘情願，他犧牲與媽媽在一起的時間，隻身來到美國賺錢，他以如此的方式疼愛媽媽，承受甜蜜的負擔。所以他要先照顧好自己而後幫助家人。我曾經告訴學生不能把家人當作不來上課的藉口，Robin工作之後準時來上課，所以我允許Robin在上課可以睡覺。他現在離開收容所用自己的存款找到住的地方，並且也有一份正職的工作，他走的每一步都非常謹愼，選擇朋友非常小心，否則很容易迷失在旁門左道中。他要確保自己的安全，就像他開始溜冰的時候，也是一圈一圈慢慢滑，慢慢試，最後確定不會摔倒了可以帶上其他同學。

一開始Robin很酷，因爲他要保護自己，對人的不信任是因爲他被騙過太多次，對同學保持距離因爲他需要安全感，從溜冰以後，現在Robin只要看到有同學沒有位子坐，就自動讓座位出來。同學都喜歡Robin，他自然而然成了班上的一份子。有一回去買午餐買了一個小時，因爲他堅持要帶一份沙拉給我，找了很久終於買到了……他跟我保證一個星期會回來上課一次……我沒有告訴Robin要讓座位給同學，也沒有告訴他我要沙拉，只要他來上課我並不需要他的承諾……但我知道就算Robin現在工作的環境大部分在西班牙文圈子裡，但Robin的行爲說明，他改變了，他會越盪越高，看見自己的視野。

撥葉梳花的風

我在這個學校已經七、八年了，這段時間在教室發生打架的事情，學生鬧情緒的事情，大大小小的狀況每天無法預期，在教室裡可能今天吹「龍捲風」，明天是我這個老師不定期的「狂風暴雨」，非常熱鬧滾滾的學習環境。但我想說的是，若沒有源源不絕令人心曠神怡的徐徐微風，我沒有辦法維持自己的戰鬥力。

「It's QUITE good.」我對Mei說。讀了Mei寫的大學申請用的自傳，告訴她針對經驗跟未來的結合要有關聯的表達。

Mei問如果是「quite good」爲什麼還有地方需要修改？是職業習慣，對學生，我正面的嘉許再做建設性的批評，也是因爲英國語言文化的習慣，QUITE good重音放在第一個字，其實是差強人意，要再加強。quite GOOD重音放在第二個字，才是眞的很棒！在口語上，這也是一種語意修飾，含蓄的表態，其實就是一種拐彎抹角的回答，這是一種在入境隨俗之後才了解的英文。

多年後Mei大學畢業了，雖然現在是我的同事，每次還是改不了口叫筱薇老師。過去在教室的時候還是一字一句累積的她，現在教室裡，聽到她跟學生說「It's not bad.」，學生問是good 還是 bad？她想都不想地回答，Excellent！這些年她也悄悄的入英文之境，領會到語言裡的拐彎抹角。

Mei 是在花園中，輕輕吹送的風，將茂密的枝葉溫柔搖晃，讓每棵植物得到暫時的調劑，她進入我的教室裡，也讓我這個老師有舒緩鎮定的感受。

過去在教室的時候她從來不知道新移民有那麼多問題，碰到非常多的阻撓，現在跟著大家一起走到街上爭取新移民學生的權益。她是花園裡的一份子，畢業之後念完教育系，目前擔任數學老師。

另一道微風是一個紐約州立大學二年級的學生，她幫忙同學改文章，只要同學寫了文章e-mail給她，她二話不說義務修改。

還有每星期會吹來的微風，他上班集中在星期一到星期四，星期五回來教室帶同學演話劇，夏天的時候帶大家去打籃球……

這些我的微風天使們，他們的存在讓人毫無壓力，就因爲毫無壓力所以可以讓大家成長，他們的心緊緊與我和同學們連在一起，每次他們也許像一陣風出現，但卻能夠整理每個人的心思。

我想雖然我很了解所謂學習與教學風格，但我知道學生的特質也了解自己的特質，**只要用對方法，我們可以改變可塑性**。但現實之中會發生多少你無法預期的狀況呢？

從第一年到現在第八年，每次當我走進教室，我深刻感受到學習英文與生活緊緊相連，和生命環環相扣。以前我的想法認爲學英文好像就是爲了留學，到國外觀光可以用得上，對很多人來說學習英文是個奢侈品。但是現在在教室裡的學生，如果必須吃飯但不會說，可能就無法塡飽肚子的狀況下，學習英文變成了急迫的必需。

我的學生有的被遺棄，有的無家可歸，沒有身分，嗑藥或者家庭因素，或者迫切需要工作，教他們英文之前，我必須要先解決他們當下的問題，包括居留所的環境、是否有家庭暴力等……我的學生讓我很快成爲「美國人」，因爲我要在很短的時間之內了解美國的社福系統。**如果一個老師沒有社會責任，就沒有辦法幫學生解決問題，而沒有解決學生的問題，他們的英文就無法進步**。因爲他們要花很多時間去解決生活的問題，如果學生來上課，家長會來學校罵老師，學英文做什麼，這讓他的小孩無法去賺錢……

而我要如何教英文，才能讓我的學生在短短的六個月之內可以保有到社會上或者進入學校繼續念書的實力呢？他們要馬上被驗證，要把所學融入生活很快可以運用。在課堂上一個小時，你要對三、四十個人負責，這群人當下是你的追隨者，你如何在這個產業的領域中證明自己，讓自己不生鏽？**我不斷改寫我的教案，我不斷重新思考學習的方向**。

在溜冰場的時候，我可以到咖啡廳去休息，去做我自己的事，但我沒有。我喜歡買杯咖啡，站在欄杆旁邊，看著學生在場上飛來飛去，滑來滑去，有時候他們會滑到我身邊，跟我說說話，對我笑……那一刻其實是我當一個老師最爲滿足的時刻，學生永遠知道我在他們身邊。

你讓我搭一段便車，我就給你一個小時的英文課；
你讓我住宿，我交換兩堂英文課；
只要你願意，我隨時可以提供英文教學。
不管在路邊還是在餐廳，學習不是奢侈品，
不是消費品，是學習者把英文帶走了。

PART TWO
教室外

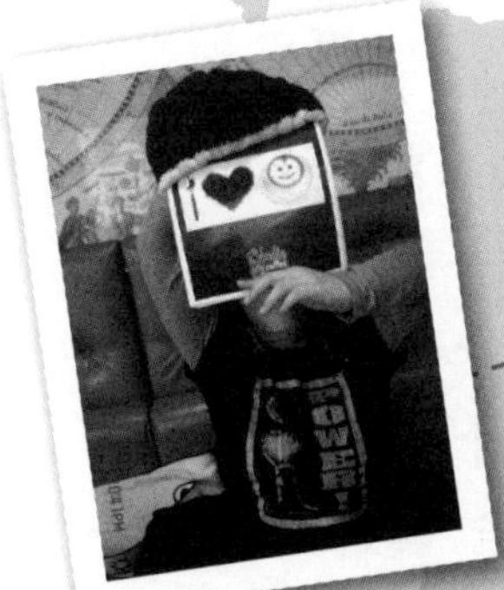

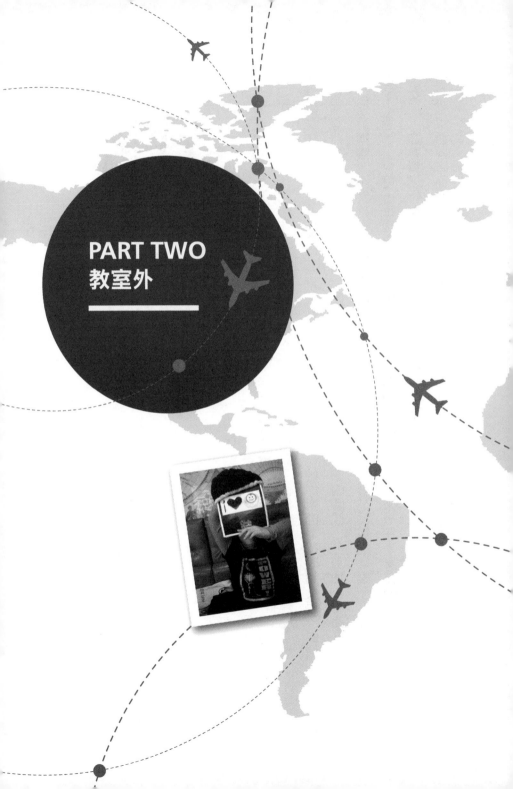

紐約・準備再出發

馬鈴薯、雞蛋、咖啡

我是這樣介紹potato、eggs和coffee跟hard、soft、fragile and change。

在一個小村落裡，住著一個很愛抱怨的小女孩，她常抱怨生活爲什麼不順，爲什麼有做不完的家事，寫不完的作業，一堆人都要管她做什麼……等，她的廚師老爸聽到女兒一直抱怨東抱怨西，就把她叫進廚房裡，同時煮起了三鍋水，當水快滾的時候，分別加入馬鈴薯、雞蛋還有咖啡，小女孩很不耐煩地問父親：好了沒，到底要做什麼？父親說：等一下妳就知道了！過了一會兒，每樣東西都煮好了之後，父親把三樣東西取出來放在小女孩的面前，問小女孩：妳看到了什麼？女孩說：不就馬鈴薯、雞蛋還有咖啡。父親搖搖頭對著小女孩說：這三樣東西同時面臨水煮的挑戰，馬鈴薯之前很強硬之後變得很柔軟；雞蛋之前很易碎之後變得很堅強；咖啡比較特別，它改變了水的本質，把水變濃郁了起來。說完後接著問女孩，當妳面臨挑戰時，妳是馬鈴薯、雞蛋還是咖啡？

我在紐約的十年也面對很多一**鍋熱水的挑戰**。

十年前，剛來兩個月，東西南北還搞不清楚的情況下，每天到教室上課，很多很多認識紐約的過程，都是跟學生一起完成的。

以前在學校念書，我們會有非常清楚的學期時程，兩年畢業，三年畢業，就開始規劃下一個目標在哪裡，但在工作上，有時一輩子都在同一個工作上，這時我們要怎麼在工作上求成長、求突破？當我想到這裡的時候，就意識到這是一鍋熱水的挑戰。

所以在這十年當中，我要求自己每隔兩、三年必須拿一份與工作有關的證書。我去哈佛體驗學習多元智慧教育，我運用在職進修來規劃在工作上面臨的挑戰，爲未來做因材施教的準備。

在教室的花園裡，學生可以適性的學習，這是由美國發展心理學家、哈佛大學霍華德·加德納博士所提出的，關於我們人類的腦部根據不同區塊可以儲存不同類型的才智，不是只有智商測驗或語言，而是像跑步、運動、音樂、藝術等等智慧，而老師必須根據不同特質去教育學生。

面對在教室裡五花八門的語系，錯雜交會的課堂裡，站在講台的我想著他們操著濃厚的口音說著英文，我想到了參加正音師的訓練。

很多正音師的工作是在糾正演員的發音，或者像日本人到美國經營生意，都會找正音師糾正發音。而我將正音這個技術，運用在學生身上，我知道西班牙來的學生哪個音發不出來，韓國學生對哪個音特別困難。

另外也針對英文學習者如何準備高中同等學力的課程進行進修培訓。為班上百分之六十學習中輟的學生做準備，當他們想要念大學時，不會因為沒有學歷而卻步。

我是一個老師，在這個領域裡，除了「在職進修」這些有形的證書之外，我一直在思考，難道沒有其他的方法了嗎？從學生身上學的東西，與學生之間的互動，有沒有可能成為「在職進修」的項目？我的學生從十三、四歲到十九、二十歲，他們都非常年輕，有沒有新的概念與做法，我能身體力行介紹給學生們知道，工作上也要不間斷以及不拘形式的「進修」？

每年學生都會送我生日禮物，第十年的生日，我告訴學生們，老師要把**從你們身上學習到的東西，變成在職進修的學程！**

但，那些東西，究竟是什麼？

決定離開紐約

教室裡有墨西哥來的學生，但對墨西哥一無所知的我開始上網查資料學一些西班牙文，我會發現在他們的語言中如果學習英文會發生哪些問題；我知道那些從熱帶像西非來的學生非常容易感冒，而且在紐約的乾冷冬天，他們的手永遠都乾燥皸裂，因爲他們沒有搽乳液的習慣，我會隨身攜帶乳液，讓他們知道要適應氣候就要準備。

一開始我們沒有共同語言可以溝通，我的眼睛與觀察就是我的溝通語言，他們不用告訴我肚子餓，我知道時間要吃飯了；當他們想要上廁所，不用不好意思不敢告訴我，我馬上派另一個同學陪著去。我用常識與習慣讓學生在紐約這個陌生環境中，可以適應快一點，可以少一點壓力，多一點溫暖。

我從不同學生身上去觀察與了解，這就是我的「在職進修」嗎？

每個來到教室的學生，從不會講英文到開口會講英文的第一個邀請，每一個人的第一句話就是，指著世界地圖說：老師，這是我的國家，這是我以前住的城市，老師，妳一定要去……或者有家人在紐約的學生，會直接邀請我到他們家裡，煮家鄉的傳統料理招待我，或者我無法去學生家的，他們乾脆帶著鍋碗瓢盆來到我住的地方教我煮……他們拿辣椒給我吃時，問我喜歡吃嗎？其實在他們家鄉口味是更辣的，紐約是甜甜的……我讀出他們的習慣，我想像他們在自己國家的生活，那麼他們在紐約的學習，我教給他們的觀念，對學生的了解是否客觀呢？

去學生的家鄉，學習他們的傳統料理，可以成爲我的「在職進修」嗎？

如果這一切的問號，只是在我心裡不斷自問，我永遠都得不到答案。於是，我準備離開，準備出發，我要親自踏上在地圖上學生指給我的位置，親自去尋找答案。這個旅程我要找出與消化過去跟學生一起學的東西，某個程度代替學生回到遙遠的家鄉（有的學生甚至因爲身分問題無法回去），代替學生傳遞訊息，也代替學生接受感情思念。**這個旅程，就是學生送給我的禮物，也是我生命中最特別的**一次**「在職進修」**。

我決定離開紐約。

英文外賣 English to go

在紐約教室，我們有教室內與教室外的上課時間。教室外的時間就是平常上課所學到的內容拿出來考驗的時機，我們會尋求以幫忙的機會來換取攤位，每一次我們的攤位都是這樣換來的，而換來的攤位我們拿來販賣學生家裡的滷味，或者一些手作技術，像化妝術、毛線作品等等。課堂裡學習做預算來購買食物、生活用品，學會交通工具、問路和與人閒聊，這些都是常見的英文內容，**英文課不只是在教室裡，也走出教室外，運用在生活上。**

我把這個概念放在這次的旅程上，想**找出一個從教室到世界版圖裡旅行教育的樣貌。**

落伍的Jet-setter

有一堂介紹了「Jet-setter」這個字的課，這是五〇年代出現的字，當時能搭Jet飛機的人都是有錢人，當時的定義是有錢有閒可以搭飛機到處遊山玩水的人。六十年後，我問學生，這個字的定義適用於現在嗎？機票已不是天價，也可以隨處工作，學生覺得這個字落伍了！我問那改變是什麼？我們來找找這個字經過六十年的經濟、工業、社會結構的變遷下，二十一世紀跟二十世紀的現象，可以在這個字裡看得到嗎？有人說可以用來形容到處出差的人；也有人說背包客也可以算，最後他們盯著我看，覺得我也是個Jet-setter，每到一個地方，喜歡的話就找工作玩久一點，膩了就換下一個地方。原來我參與了改變Jet-setter這個定義的歷史。

玩工作

我十九歲的時候跟著一位中國的攝影師到冰島，進行翻譯及助理的工作，那次的工作經驗，我感覺更像是體驗工作。更早時十七、八歲的我，在台灣的一個兒童英語加盟校爲公司在全省推加盟工作，被派出差覺得是在旅行，心裡非常雀躍。從台北到高雄走透透，像一個走唱江湖的歌手一樣，在鄉鎮的巷弄裡，示範英文教學與招生。當時需要把學生繳的款項帶回台北，我搭夜車北上，左顧右盼提防路人，把家當緊緊抱在胸前，或許沒有優雅的旅姿，但啓發了我如何「玩工作」的旅程。

從啓蒙的三十年後，我設定這趟旅程是自我的在職進修，學生與我同行，我們彼此在旅程中互動與交流，對不同的地點及觀察學習者，將因地制宜地設計適用的教學方法，這套方法同樣也可以運用在其他學生身上。因此**這不僅是一趟在職進修，也是實踐訓練課程**。

我們的未來如何連結在一起？

當我在ＦＢ分享要展開這趟「在職進修旅程」時，學生們似乎比我還緊張，他們紛紛在留言版上叮嚀我這個，告訴我那個，服裝要低調，頭髮顏色要正常……到他們的家鄉可以吃什麼，看什麼，哪裡一定要去……我們開始籌備路線、住宿、交通、簽證。

規劃的學生從十八歲到二十一歲，第一個問題是經費預算，兩個月的行程需要多少開銷？選擇的交通工具方面，如果我們要以節約低碳方式行進的話，路線行程要如何走法？他們開始以群體方式來分工進行。

我試著丟出一些不會超出他們能力範圍的事，如果一下子放太多責任，反而會讓大家壓力太大消化不了，造成為什麼老師給我很多事情我都無法完成，而且一直出錯的負面反效果。

在上課時我的做法是將歷史課的內容消化之後轉換成「**導遊訓練**」。

我們找出反映文化背景的區域像新唐人街法拉盛來舉辦美食品嚐團，一團十個人，每人收二十元美金。學生開始安排路線行走，開始蒐集資料，發現原來早期黑奴從紐約離開被送回各地是從法拉盛出港的，而法拉盛有很多木頭工廠也是因爲順著河流載了許多木頭流下來，形成當地木頭行業興盛，繪製地圖後發現在法拉盛可以看到各個不同宗教，仔細一查，原來美國最早宗教自由宣言就是在法拉盛宣布的……原本以爲是自己熟悉的地方，但透過「導遊訓練」融入了許多歷史、地理課程，才發現有這麼多之前不知道的資訊。

再放大商業培養，大家要討論到底觀光客想知道什麼？對什麼好奇？什麼東西品嚐起來有獨特性？每人都要發送環保碗筷的費用？每份品嚐的分量要多少才夠？品嚐會後的問卷調查反映了什麼問題可以下次改進？更重要的是要如何找到人來參加？要如何宣傳這個美食品嚐團？經過幾回下來這樣的訓練方式，學生們在能力範圍之內，他們已經做過太多次，非常熟悉操作模式，也就能運用在這次我的在職進修的旅程安排中。

我讓學生爲我安排行程規劃，同樣我也在學習如何放心交託。

當我們有中國行程需要中國簽證，但來自中國的學生卻不知道要如何去辦理簽證？他們同樣重新開始學習；要跟我一起完成此次行程的學生，拿美國護照，但她需要辦理一百多國簽證，而我拿台灣護照，我不需要辦那一百多國護照，你會發現原來**「國際公民」的概念已經改變了。每一個申請步驟，每一次的詢問，都讓準備出發的我和學生們，再一次反省自己的能力與觀念。**

我的每個學生都是我的未來，當我訓練他們，就是要把自己的未來放在他們手裡。

但並不是每個學生都很願意我把未來交給他們，不過可以肯定的是他們非常願意接受未來在他們手上。因此當他們發現「未來」在他們手裡，以及我把「未來」交給他們是同樣一件事情時，你會發現他們慢慢學會觀察；開會的時候當有人肚子餓了，也會看看老師是否吃了或多買了便當；當有人在網路上發現今天沒有人捐款了，就會自動捐五塊錢，然後告訴其他人，我們要讓老師帶走我們的愛……多捐五塊錢，他們就少擔心五塊錢……

這個群體發生了共識，每個人的「未來」都會變得息息相關。

第一次我這麼深刻地發現，我把未來交給下一代了。

二〇一二年，十月，我出發了！

MEMO 14

- ☑ 不要害怕與恐懼，每個人都可以幫助你。
- ☑ 只要用對方法，我們可以改變可塑性。

柏林

單親家庭沙發客

他被帶來教室時，引起了小小的騷動。

因爲來紐約教室學英文的人涵蓋許多不同顏色的人，但大部分絕不是「白人」，況且他那麼瘦高，金髮藍眼，十二歲，不像會出現在這個團體的人。我看到，在他好強的眼神裡，我了解必須在教室裡找出他與大家和平相處的位置。

他會彈鋼琴，每次只要有英文歌教唱，我會讓他擔任伴奏。他是素食者，不吃肉，不像其他的學生有什麼吃什麼，但有幾次我們的戶外美食品嚐行動，他在素食範圍內也會很勇於嘗試各種食物。往後每年寒暑假他都會出現在教室一、兩個月，連續好幾年，只要他來紐約，就算只有兩個星期，他也會安排一個星期要來教室上課。我看著他從過去被大哥哥大姐姐照顧的小孩，慢慢越長越高，每年回來時，他慢慢從一個被照顧者變成一個照顧別人的人。

沒錯，他就是我前面「一束甘菊」中提到的「在一束花香中，散發清淡的甘菊香」的德國學生。

這次來到柏林，我更直接了解了他的改變與成長。

五年前媽媽帶他來紐約時，那時媽媽剛做完乳癌化療，因爲生病的媽媽讓這個非常有責任感的孩子處處顯出防備與緊張的樣子，深怕別人會欺負他，可是另一方面他也充滿膽量而獨立，不排斥嘗試新的東西。有一天我們安排籃球比賽，他明白告訴我要待在教室，問他爲什麼？他說想保護自己在比較安全的地方，不想讓自己受傷添麻煩。我知道其他學生人高馬大，一玩起來碰撞摔倒是難免的，雖然不是故意造成，但也帶給他壓力，所以他選擇在教室內這個比較溫和的地區。他找幾個熟的朋友，自組籃球比賽。

這是他的解決方式。

當時才十二歲的他，每次從教室離開說自己可以回家時，我其實非常擔心，他眞的可以嗎？好幾次偷偷跟在他後面，確認他眞的做到了，我才放心。

聲樂家的媽媽從小帶著他到各國演出，**爲了準備這個孩子學習的環境，他們加入沙發客**

的行列，**他們的家接受來自各地的沙發客，也到各地當沙發客，在家裡只要有沙發客他們便是用英文溝通**。

很多人覺得跟自己國家的人講英文很奇怪，爲什麼不講中文？難道只是愛現自己的英文有多好嗎？而我的想法是，如果眞的要學好一樣東西，你永遠只選擇中文，那表示你放棄英文是一種溝通的工具。

這個單親媽媽對待孩子的方式，讓我看到他們雖然刻苦但是並不辛苦。她一定會製造與孩子相處的時間，每星期一起嘗試不一樣的運動，或挑選不一樣的地方去探險，對他們來說，度假不是一個奢侈品而是一種生活，如果時間不允許他們去別的國家，他們可以讓別的國家的人住進來。他們懂得如何去評估考量安全的問題，就像當年十二歲的他，選擇留在教室而不是跟其他同學一起打籃球，讓可能會受傷的狀況發生，他在一個安全的情況下學習讓自己放手去試試看。

我看見**讓孩子放手的機會，不是因爲英文夠不夠好的問題，而是考慮安全與分辨好壞危險才是最重要的課題**。很多人出國其實從頭到尾一句英文也沒說，去唐人街吃飯，住服務員會講中文的旅館，跟講中文的人說話，不論環境與選擇都很保守。如果你正在考慮跨出第一步，或許可以先從自己所熟悉的地方冒險，從台灣開始環島，或者先上網去讀、去查詢，看看其他的背包客與沙發客必須問哪些問題，必須知道哪些問題，先試著讓自己在原有的條件下再去創造條件與環境。

在柏林的三天，我們都不是使用英文母語的人，但我們全都用英文溝通，而且完成了我們所要完成的事情。我們用三天準備料理的條件交換柏林三天的住宿，你會發現**比錢更重要而珍貴的東西，是我們可以跟對方交換我們所擁有的**。

這次的行程我同樣到學生的教室與班上同學交流，學生給了我三個方法告訴我到教室的路，他用畫的，用寫的，用路標指示，確認我不會迷路，就像當年我在紐約教學生一樣，方法與技術可以活用在各個方面，我發現他懂得處理與準備。

當年我在後面偷偷跟著他回家的十二歲男孩，現在十七歲的他，在三年沙發客的經驗中，認識世界與交朋友，學習英文，學習獨立。他說接下來要申請的大學，也許不是在德國，而是在瑞士，我發現他手中握有了更多的選擇權，是因爲他一旦碰到問題，不會不知道如何去解決；如果選擇瑞士的學校對他來說需要用法文，他只要學習就可以。

我從單親家庭沙發客到世界到國際觀來看待他的改變與成長，他已經完全讓我放心了，我知道往後我們偶爾會在網路或者在某個時候打聲招呼，但我深信我會聽到他的good news！

他**不會恐懼未知**，他已經是一個**國際公民**了。

一杯販賣機的咖啡

索蓮來到我的辦公室時，非常積極而熱切地用英文表達她的意願。

但我愣了幾秒鐘，才聽懂她的意思。

她看我安靜沒有反應，更急更快地努力表達。她二十三歲，大學剛畢業，已經在歐洲旅行了一圈，來到紐約，她希望可以藉由到我教室的實習，一方面把英文練好，一方面讓她回到法國時能夠找到下一個工作。百分之六十我聽得懂，但百分之四十我必須用猜的。

通常來到我教室的人，像這樣背包客般的實習生，最長一、兩個月就會離開。而在我眼前的索蓮，不是因爲勇敢而表達講英文，而是如果她害羞一句話不說，我對她一無所知的話可能會拒絕她。她說自己有六個月的時間可以在教室當義工，並且會用最節省的方式把自己照顧好，不需要付她薪水。我接受了。

我們常常喝即溶咖啡，她會去自動販賣機也幫我買一杯，在我的印象中，她善用在有限的經濟範圍內，與我分享她可以分享的一杯咖啡。

六個月後索蓮回到法國，然後九年過去了。我們沒有再見過面，這次的旅程，我和她約在巴黎，她工作的小鎮見面。我想知道在紐約的六個月，對她的影響是什麼？

印象中她有一頭金髮，瘦瘦小小，當時戴著眼鏡，不知現在戴不戴？我們約在小鎮車站，她因爲遲到了一會兒，讓我極度興奮的心情把每個經過我面前的人都誤以爲是索蓮……後來是索蓮叫了我，飛奔過來給我非常熱情的擁抱。

在旅程中我經常問自己，爲什麼要做這趟旅行？我想除了找到自我成長以及另一種在職進修的方法之外，我更想用旅行來驗證在課堂上上課的方法是否正確？我給學生的教導與概念是否可以產生效果？**一輩子待在教室裡，學英文的人需要跟老師學，但有沒有辦法將從老師那兒學得的東西，可以運用在自己生活中，或者做一些可以從教室獨立的學習？**

索蓮，很顯然**她從教室獨立**了。而且她的英文變得越來越好。

她說，在紐約的六個月，她**找到了熱情**。社工系的她回法國之後投入了新移民工作，但在巴黎三年的經驗，讓她發現大系統當中一些無法改變的事實。這也是過去我們會碰到的難關，而我們的解決方式是，當我們無法去挑戰一個龐大體系時，我們可以一次改變一個人。就像在教室裡，我們讓義工老師可以專心帶領三個學生，這是因爲每個學生都將成爲未來二十一世紀的一份子。

另一方面每個老師都會講兩種以上的語言，而且這個師資團隊有各種不同顏色的人，這點對我來說也非常重要，我要讓學生知道現在講英文的人已經不只是白人，也不會盲目去跟從只有白人講英文這種刻板想法。

索蓮把一張新移民家庭畫給她的卡片跟我分享。這個家庭有六個小孩，索蓮幫忙做家庭訪問，幫忙安排學習法文，雖然都是社工應該做的工作，但她用的方法就像在紐約實習時，我直接帶他們去買衣服，不是只在教Size怎麼講，而是讓對方知道自己是S尺寸，還是M尺寸。如果遇到語言障礙，溝通會打折扣的情況下要先確認幾個keyword是對方也聽得懂的，教他們寫作業，帶他們上街認識方向路徑，用關心與體貼，而不是口頭說說讓新移民團團轉，因爲他們根本搞不清楚哪裡是哪裡。

當時我到紐約一、兩個月便開始到教室上課，對紐約一無所知的情況下，面對從四面八方來的學生與義工，我們一起從教室出走去認識紐約。而索蓮用的也是同樣的方法，也許當時我們只是花了五分鐘去做那件事，可是卻能夠讓她發酵一輩子。

我協助學生找到方法，但我不會告訴學生這是一個方法；我**協助學生準備自己**，而這個準備可以讓學生使用在各方面。就算是每天穿的鞋子，天天穿高跟鞋的話，那麼有沒有其他的選擇呢？有一天我穿了五趾鞋上課，學生說，老師那鞋好像青蛙腳！對了，像青蛙腳，那麼你知道這個鞋爲什麼設計得像青蛙腳嗎？五趾設計連在一起的用處是什麼呢？每樣可以呈現在學生眼前刺激的東西，都是我可以教學的創意思考，當學生說像青蛙腳時，其實他已經在跟想像力連線了……雖然只是一個改變，或者是**短短的五分鐘，但我常常提醒自己願不願意經營這五分鐘？**

索蓮送我到車站時，她又去自動販賣機買了一杯咖啡給我。雖然相隔了九年，但我看見那六個月的時光與她的熱情，透過這杯自動販賣機的咖啡，我明白培養一顆種子是何等美麗的工作，有一天她會變成大樹繼續長出更多更多的種子。

MEMO 15

☑ 不會恐懼未知，當你已經具備當一個世界公民的時候。

☑ 呈現在眼前可以刺激的東西，都是教學的創意思考。

☑ 問問自己有沒有辦法從老師那邊學來的，運用在自己的生活中？

蛋糕棒棒糖：引導者的角色

跟著潮流找教學點子的我，幾年前我們在教室裡實驗Cake pop的作法，就是把蛋糕做得像棒棒糖。最近發現，二〇一三年《Oxford Dictionary》裡，將Cake pop列爲二十一世紀的新增字之一。跟據牛津字典的官網解釋，一個新發展的產品或概念要經驗二至三年的不衰考驗，才會被放進Oxford Dictionary裡。想到這裡，原來跟學生做這個Cake pop，學了這項手藝，也在參與Cake pop 存在的潮流。學生們也對這個產品質疑，它是蛋糕還是棒棒糖？

很多讀者一定覺得老師不就是在教室裡扮演著一個帶領學習的領導角色，教室外，便由父母來帶領孩子。我服務於另類的教育單位，除了不是在主流的教育體系，我是一個老師的身分，也是一名社工，出了教室，很多學生是回到空無一人的家，更有些沒有家可回去。社工性質的出現是在輔助學生們教室外的需要。當兩個角色重疊時，會有一個含糊地帶，我是老師還是家人？

不知從哪年開始，學生會爲我慶祝母親節也慶祝父親節，一年有兩天我成了學生的爸爸和媽媽。我喜歡學生爲這兩個節日帶來的熱鬧也沒特別阻止他們，後來越搞越盛大，結業的學生幾乎每年不缺席。每年他們的感言從早期謝謝我的溫暖照顧短短一句話，發現最近的感言，篇幅加長了。內容添加了他們的人生歷練裡我對他們的影響，他們也在我的字典裡加了一個新字，「Student-child」，學生孩子！

引導學生孩子透過這個舊法新吃的Cake pop，找出自我認同，以做好的蛋糕爲主，在製作過程中對Cake pop的了解，他們自我認定蛋糕棒棒糖就是Cake pop，就像他們認同，是我的學生也是我的孩子一樣。我們經過數年的考驗，透過慶祝的節日，來告訴我，「teacher-mother」，老師媽媽，這個新字的存在，就像這個Cake pop，當我們用這個字跟學習製作它，我們已爲這個字開創存在的機會，學生孩子們也會一代代地交棒下去。

這次在老友家也看到了Cake pop！

在英國住了十幾年，這裡可以說是我的第二個家鄉。回到家鄉見見老朋友，看看舊同事，我發現經過這十年，老朋友舊同事已經結婚生子有了下一代。海蒂，上次見到她還是小嬰孩，但這次再見她已經長成十歲的青少年，她和媽媽兩人住在英國郊區的小鄉村，唯一東方臉孔的她們兩人好像自成一個小國家，互相仰賴與信任。而當我見到了好久不見的老朋友與她的女兒海蒂，像是進入了這個小國的外來客，我在她們母女的互動上，找到我自己正在思考的答案。

在這個家庭裡，我把媽媽比喻是一個總經理，海蒂是職員，爸爸在外地工作供給這家公司資金。海蒂每天處理自己學校的行程，善用學校的資源與活動，舞蹈課、跆拳道課、畫畫課，只要她有機會有時間有興趣便一起討論，請媽媽提供資源讓她加入。而這樣的職員身分在成爲青少年的階段後自我的概念會慢慢形成，有了自我之後與母親的關係便會慢慢拉開，希望更獨力去完成一些事情，例如我發現她開始想要幫媽媽更多忙，也想要替媽媽分擔更多，但作爲一個家庭的領導者與總經理，讓海蒂來分擔的時間似乎還未到。

過去我在英國念碩士班時，不但要實習同時又兼差三份工作，時間分配變得格外重要，但更重要的是我要**成爲自己這個位置的領導者**。當我清楚地把時間分配出來，做每件工作的同時讓別人可以看到我對工作的認眞態度，相對的同事與朋友們看我分配時間，有人覺得我很上進，有人覺得我需要幫忙，便會主動調整他們的時間來配合我。這並不是利用他人佔便宜，而是**每個人在自己的位置上都可以是領導者，「領導者」不是工作上的職稱，而是一種**

個性特質，一種個性技術，不論你是工廠作業員，還是送貨員，都可以帶領別人來看到你工作上不同的面向。

你可以領導自己也引導別人，這是未來二十一世紀需要的一項特質。

父母與老師必須要能夠成爲一個引導者的角色。這個角色類似教練，處於輔助的身分，希望選手贏，但不能給予太大的壓力；會告訴選手方向，但不能像裁判左右選手的輸贏。這個角色也像是大會的司儀，過去司儀好像只是報告流程，但我在美國工作的經驗，現在司儀轉變成居於主導者的角色，能夠問出好問題的司儀，可以讓會議中的每個人共同去思考，得到意想不到的創意。

但一個管理者，如何調整自己成爲一個引導者，這才是最大的重點。

老師與學生之間，父母與孩子之間，在「管理與引導」的組合中，老師與父母常常以管理者自居。我想到在哈佛受訓的一堂課裡，當講師進到教室來時，帶了很多不同帽子，一下子戴水泥工的安全帽，一下子戴博士帽，主要讓在座的從事教育工作的人，明白我們必須不停換帽子，就好像不能戴一個博士帽以研究生的方式去講解水泥工現場操作的實務。**父母與老師不僅是管理者，也是引導者，戴上各種不同的帽子，讓孩子的特質更發揮。**

在英國這幾天的觀察，我發現當海蒂願意幫忙時，海蒂只想把衣服從樓上拿到洗衣機裡嗎？是否發現她還想放洗衣粉？然後去操作洗衣機？如果是的話，放心讓她操作嗎？

我相信很多父母會帶著孩子操作一遍，但不一定下一次放心讓孩子獨力完成。

其實對於我的學生，當老師的角色結束了，另一個社工員的角色必須關照起居生活的時候我又變成是一個母親。但終究我不是學生的母親，因此爲了避免這個含糊地帶，我把母親這個角色用課程來解決，不是我來當媽媽，而是讓教室的其他學生來當媽媽，每個人在這個教室裡像兄弟姐妹一樣互相關心。我引導學生在課程的互動中找出自我，營造環境也鼓勵學生可以用我的方式繼續引導帶領其他新同學，當他們離開教室各自發展，這個團隊會連繫著一條絲線，即使分開再久也不會中斷聯絡。

現在很多家庭教育資源豐富，讓孩子很早就能夠獨立，有自我的空間與安排，但如果能夠試著透過把基層的位置再升遷，讓基層變成資深，讓孩子了解原來我已經可以扮演這麼重大的角色了，我的能力可以在資深的這個職位做發揮，便是讓孩子開始走向領導者的第一步。

一小塊蛋糕棒棒糖，是管理者媽媽讓海蒂慢慢調整適應，吃太多糖對牙齒和身體不好，所以只要一小塊就好。當管理者願意放心交棒，如同我也放心讓學生安排這次旅程的細節，**我們都試著一步一步在學習把主權與決定權交給下一代，只要養成的時機夠成熟，便沒有什麼放心不下的。**

波蘭蘇聯邊界

一杯熱巧克力：流利英文的定義

十年在紐約的教學經驗，讓我對「身分」這個字詞非常敏感。

每個來到教室裡的人都需要有證件，但我的學生有的沒有「身分」，有的「身分」已經過期。因爲「身分」問題所衍生的輟學、家庭暴力，讓我明白這是來教室上課之前必須優先照顧的重要關鍵。

這次「環遊世界的英語課」的行程，簽證事件，讓我們大大吃足了苦頭。

當我們離開德國前往蘇聯，火車開了將近十五個小時，離開波蘭時慢慢停了下來，我即刻問了Athina我們還會去另一個國家嗎？我們有沒有簽證？（在這次的行程辦理簽證也是訓練的課程之一，我將大的地點需要的簽證辦妥之後，剩下的工作就交給同行的學生處理。）

當Athina回答我說：我們只是經過而已，不會停留，所以不需要簽證……我的心裡開始產生不祥的預感。不管我們有沒有停留，只要我們經過的是陸地國境，除非我們在空中飛行，照慣例都需要簽證。Athina拿的是美國護照，所以對她來說，簽證這件事沒有太多經驗。

等火車完全停下之後，荷槍實彈的阿兵哥陸續上來，要我們一一從臥鋪出來，他們牽著獵犬嗅聞有沒有走私品，搜查每個房間，最重要的是查看我們的簽證……

我的心一直往下沉……這時不需要所謂國際語言，也不需要多麼流利的英文，只要講Yes！No！Go！就已經達到溝通的效果。

而現在，我們就是下車，Go！被遣返！

這裡是位於波蘭與蘇聯之間一個很小的國家白俄羅斯，貝魯斯（Belarus）。每年簽證費不斷提高，最令我擔心的是，曾經有媒體寫過，「白俄羅斯是歐洲的北韓」，我很確定我們是因爲沒有簽證，而被迫中途下車，但不敢篤定我們只有犯了這個錯。當時並不知命運爲何，被送上沒有窗的廂型車，坐了滿滿的軍人，隨著我們兩個對罪刑無知的「囚犯」，他們也悶不吭聲……

Athina才發現原來一個小小的「自以爲是」，造成了我們必須改變後續的計畫。這並不一定是疏忽，而是因爲不懂所以覺得不重要。有時候以爲自己會講英文，反而對很多事情太放心，以至於造成疏忽。

我自己在事前準備工作是必須到處「讀」別人的經驗。**當你進行一件沒有經驗的事情時，必須先去了解別人是否會有相同的分享。**開始走這一趟行程之前，我會先去讀已經有經驗的人所分享的心得，在網路上可以找到許多分享的文章，不管是法國人、德國人，他們也會用英文來發表，等你一讀再讀之後，也等於在還沒開始行程之前，已經先跟大家環遊一遍了。而Athina是讀了，但她選擇忽略，而我疏忽了行程前的確認。以至於發生這趟被遣返的意外行程，因爲白俄羅斯的阿兵哥全副武裝，我嚇得腿軟，走得很慢，阿兵哥大方出手幫我們抬行李，當下我感覺他們沒有敵意，有小小的放心。

沒有簽證的我們，與另一個德國人，一起被遣送到離波蘭最近的一個車站，這時我才放了心，我們接受的懲罰，就只是人走就好。

就在我們商量應該怎麼走下一步時，跟我們一起被遣返的德國人用英文表達他會說德文、俄文和一點波蘭話、英文，可以跟我們一起走。此時英文成爲我們之間的溝通工具。

從旅程開始到現在，**流利英文的定義不是透過考試，而是遇到危機處理時，你怎麼解決問題**。當英文很糟時，我們可以比手畫腳，想盡辦法讓對方了解，而當英文很流利了，如何把英文轉換成最簡單的東西傳達出來而達到溝通的目的也是一個考驗，同時你能不能在很快的時間之內，讓想知道的結果利用各種其他輔助方式，彼此確認之後得到明確答案？

我很慶幸這位德國朋友會說英文。

其實我們只用了非常簡單的句型。

Let me help you. I speak English. You don't have visa……

使用的字彙也是最基本的一千字之內，airport、visa，很多人認爲一千個字彙不夠用，但當你能夠把這一千個單字用到極致，不一定要想出很冗長的句子，而是善用已經知道的字，去達到溝通的效果。**人在面對面說話時，我們的表情、肢體語言也是講話的一部分，如果你懂得去反映各種輔助技術，也會讓語言變得更流利。**

德國朋友查詢德國網站的資料，然後用僅僅有限的英文與我們解說，我也馬上打電話請求美國學生協助，問哪家航空公司可以直接買便宜機票。在危機狀況發生時，可以透過語言讓對方知道我們的需求一模一樣，可以馬上求助，不管跨越多少國家，我們同在一條船上，也像在進行一場三個人的國際高峰會議，一起找出解決的方法，這也是面對二十一世紀，我們必須要學習，但學校無法教你的東西。

很多時候，不知道是因爲英文交了朋友，還是英文解決了問題，增加了麻煩？當德國朋友提出幫助時，老實說我並沒有馬上答應，在當時的情況下，我必須了解他爲什麼要幫助我們？當自己暴露在必須得到協助的情況下時，能不能用語言來判斷與分析，究竟安不安全？究竟可不可以？而會說英文的德國朋友，說明自己是以難民的身分到德國的，把自己的出現交代得很有邏輯，讓我們放心他的出現不會爲我們帶來其他的危險，接下來我們必須經過的地方都是公共場所，況且我們有兩個人，他是單獨一人……這些判斷是旅途中非常實際的一環。

最後我們訂到了飛往莫斯科的機票，他也預訂了自己的班機，爲了答謝他的幫忙，我爲他付了一夜旅館的費用。準備離開時，身上還有一些波蘭錢幣的他，說要盡「地主之誼」，用他僅剩的波蘭錢買了兩杯熱巧克力給我們。

Chocolate?

雖然只說了這個字，但突然有無盡的溫暖湧上來。坐了十五小時的火車，折騰好幾個小時，零下的天氣溫度，喝完熱巧克力，似乎稍微舒緩了一開始的緊張與不安，我們說再見，繼續彼此該完成的旅程。因爲英文，我們當下交了朋友。這次簽證事件過了之後，我們應該不會再有見面的機會，但因爲那一杯熱巧克力，爲這場交流畫下一個完美的句點。

我有時在想，什麼才是流利的英文？你把史上最強單字本全部背下來了，你把常用文法練習全部做完了，但不管懂的單字有多少，不管文法句型複不複雜，你碰到問題，知道如何解決問題，以重點溝通，你的英文便是流利了。

MEMO
16

☑ 你可以領導自己也引導別人，這是未來二十一世紀需要的一項特質。

☑ 流利英文的定義不是透過考試，而是遇到危機處理時，如何用英文解決問題！

☑ 可以溝通重點，你的英文就是流利了！

莫斯科

一杯櫻桃汁：好奇心是自主學習最好的開始

旅程一直在行進中，即便是晚上睡覺我們也在往前進的時間裡，如果用英文文法來形容的話，我們的生命就是一個進行式。

很多人把文法和文字做了區隔，但對於文法我一直存在浪漫的想像。我認爲文法是語言的靈魂，它用一個架構來描述現在我想要表達的態度，因爲文法，讓用字可以變得很巧妙。

同行的學生Athina跟我說，我們好像二十四小時都在上班……

白天我們外賣英文，隨時隨地準備開會討論，製作教材，晚上睡覺前繼續思考白天發生的事情與問題，等醒來又開始另一天的行程，與下班之後到第二天醒來才開始準備去上班的上班族，很顯然我們處於二十四小時的工作沒有錯。對於教書這項職業，很多問題不是等發生之後才來解決，而是必須預先了解與觀察，懂得去防患未然。教室裡學生的問題，不是你上班時間才會發生，你必須思考學生未來會碰到什麼問題，你所提供的服務是亡羊補牢還是雪中送炭？這是因爲我們面對的**每一天都是「現在進行式」**。

進入蘇聯

在西伯利亞火車上，所有進入蘇聯的外國人都被巧妙安排在一個車廂內。一遇到檢查的時候，穿著像軍大衣表情嚴肅的站務大兵上來檢查簽證護照時，他們的眼神和態度感覺都像在壓迫你，即便我們什麼事也沒做，但卻像被緊密監控的犯人一般。進入蘇聯的氣氛，讓神經變得緊繃，加上我們不懂俄語，溝通更是戰戰兢兢。

除了嚴峻表情的警察與軍人之外，所有地上的建築奇大無比，就算三個人環抱起來也不夠圍住一根普通的柱子，所見之處的建築幾乎給人霸凌、仗勢欺人的感覺與壓倒似的氛圍，好像在這個地方你必須學習渺小。

我們在紅場廣場準備把之前捐款的學生照片一起拿出來照相，這是我們每到一個地方必做的活動，讓學生跟著我們一起走行程。但就在我們把照片拿出來時，卻遭到嚴厲的禁止，甚至成了隨時被注意的對象，不知是警察還是軍人的彪形大漢跟著我們。不拿出照片也可以，我們把學生的名字寫在手上來拍照應該沒問題吧，但同樣被制止。對方的態度讓我想到，**有些學習英文的人，因為不知道所以會先說「我不懂」；因為「我不懂」所以不需要說，也不用看，自己也不會試著想說說看。**

蘇聯大兵一點都不想了解我們的活動，一方面他們對自己的文化很堅持，但另一方面只要有外來的變化是他們所不了解的便直接拒絕，當然這種心態也許每個人多少都會有，然而如果成為一個國家政令，便會反映在學習態度上。在紐約教室有些從莫斯科來的學生，總是獨來獨往，很有神祕感，經常學了一段時間之後就莫名其妙消失不再來了。

一個美國夢

在莫斯科的一間咖啡廳，認識一位女孩，我對她說我們是美國人。她的眼神立即發亮。

一個十六歲的女孩，從莫斯科鄰近的地方來到這裡打工，賺錢存錢準備移民美國。哥哥已經先到美國了，接下來會利用各種管道將妹妹也接過去……

為什麼要去美國？

因為美國教育好，機會多，所以學好英文，就可以達成美國夢……

與女孩的對話，讓我想到，在紐約的教室裡有個從福州來的學生，現在已經是兩個孩子的爸爸，在長島開了一家規模不小的日本餐館，很難想像當初他花了三年的努力才到美國……

從一開始透過人蛇集團辦理，計畫從泰國轉新加坡，再飛到美國。但行經泰國準備進新加坡時被查驗護照有問題，結果在泰國困了兩年，無奈之下先在當地生活賺錢，不斷提出重新申請，兩年後終於被批准。這次的管道從新加坡往德國，再飛加拿大然後進美國……如果其中有一站被攔截的話，他有可能要花上更多時間，就這樣輾轉三年的時間，他的美國夢從十八歲開始準備，二十一歲才到紐約……

我不清楚這個輾轉的過程是否會發生在這個十六歲的孩子身上？過去來到我教室的學生，每個人都帶著一個故事來到我身邊，當我知道每個來到教室的學生，花了這麼長的時間來到我面前時，我不能浪費他們的時間，他們的每一分每一秒都是可數的。

如果我還在紐約的教室，眼前這個孩子可能就會來到我的教室……似乎可以想見她到美國之後的辛苦，但此刻我沒有辦法告訴她，很多人的美國夢充滿了挫折與坎坷。相較於台灣目前許多學生的美國夢，能夠去美國念書的人幾乎是父母用盡方法栽培孩子，我在美國遇到的大部分台灣學生很少沒有家人支持的，也幾乎沒有像這位十六歲女孩的情況一樣，需要花上高額的仲介費，透過人蛇集團各種管道的安排。

但這個小女孩覺得去美國的辛苦比起現在的辛苦根本不算什麼，覺得只要有一份工作機會，自己就可以計畫經營自己的未來。我看見**這個孩子其實在沒有學英文之前，已經有一個好的學習者的條件。也就是說，當機會來的時候她會知道如何抓住學習的關鍵。一個自主的學習者不是藉由學習英文來變成一個主動的學習者，而是他已經知道如何主動學習。而一個主動的學習者，會知道自己下一步要學習的是什麼。**

紐約冷不冷？

幾歲可以進學校？

如何進學校？

我學商，喜歡數字。

我們完全用英文溝通，她用手機查單字，想盡辦法了解她想要問的問題以及我回答她的答案。她的耳朵是張開的，眼神是凝視的，我們是她第一個碰到的美國人，與我們談話讓她更接近了美國夢一點，原本計畫要再等兩年，但我們的出現似乎讓兩年的時間縮短了一些……我不是用學術方式做英文溝通，當然如果你讓我教文法，我還是能夠拉出文法的線路來進行教學。但十六歲孩子想要知道的是學習生存，於是她問了許多觀察性的問題。所謂「street smart」與「book smart」，有些人在街上很吃得開，有的人在學術上很吃香，當我看見這個十六歲孩子的目標非常確定，我當然願意花時間跟她一起交換英文。

如果你要學英文，我就是英文老師

會進入咖啡店，一開始是我好奇想要喝櫻桃汁。所以我先用手比出圓圓的樣子，但冰箱裡所有的果汁類應該都是長得圓圓的樣子，我又比了小小的樣子，但紅莓汁或藍莓汁也是小小的，比劃的同時，我唸出了所有可能性的水果名稱，最後她幾乎把冰箱所有的果汁都拿出來了，我們才確認說，Cherry！Yes！櫻桃汁！

過去所受的語言教育法，常常是要學生跟你唸一遍，所以當我唸：Coffee, repeat after me。結果學生跟著說：Coffee, repeat after me。

學生混淆了。

於是我說coffee，然後比出跟我唸的手勢。學生看著我指著杯子，可能誤以爲我指的杯子是coffee。因此當我講juice並指著冰箱時，她拿任何一瓶都是juice，沒有錯。

我要讓學生不能混淆的下一個步驟就是把coffee、cola、sprite全部擺出來，就像她從冰箱把所有果汁都詢問我一遍，我們才確認原來學生知道我說的是coffee，而她跟我一一確認每一杯果汁之後，知道原來juice只是一個統稱。

在紐約教英文，很多人問我會不會西班牙文？會不會法文？如果我都不會怎麼可能教英文？我便會反問：你要學西班牙文請找西班牙文老師，你要學法文就去找法文老師，如果你要學英文，我就是英文老師！爲什麼一定要有共同的語言你才能確信我可以教你英文？我不會俄文，我們不需要共同的語言，但我會教她英文，她跟著我唸cherry唸peach，然後用筆記抄下來。

這也就是所謂TPR（Total Physical Response）。把它放在英文教學裡，變成一個表達工具，讓學習的對象不會有太多雜七雜八的句子，每一個表達都是關鍵字，有動作帶領，不會混淆。

看見動力

在這個旅程裡，我發現往往想與我們交談的，幾乎都是平常一個英文字也不會講的人。

但當我們開始進行英文外賣行動之後，會慢慢讓對方先看到我努力與他們溝通，於是他們也跟著努力，結果變成兩方都一起努力。**一旦某一方被啓發或啓動了學習力，覺得是自己該做，而不是被別人規定的，那種自我學習的效果會很驚人。**

在這個二十四小時都在上班的旅程中，我發現每一天開開心心去上班是多麼重要的一件事情。我的表達和話語，有沒有讓學習者感到我是很開心面對他們？當這個孩子把我們當作一個學習機會，她的好奇心是一個最好的自主學習的開始。

這也是我在紐約教室裡看到的，有些孩子把自己來到教室當作唯一的機會，如同這個十六歲孩子迫切發現機會一樣。有的人抓住機會，三個月、六個月就考過高中同等學力，因爲知道二十一歲之後就不會有這些福利了。

每個人要有自主學習的能力，但不是說哪一本課本能夠教你自主學習；也不是用錢去換取的東西才叫學習。而是你經歷生命的每一天，都是一個學習的機會，只要你想，你便可以看得到。

MEMO
17

☑ 一個主動的學習者不是由學習英文變成一個主動的學習者，而是會知道自己下一步要學習的是什麼。

☑ 生命所經歷的每一天，都是一個學習的機會。

西伯利亞

西伯利亞火車上教英文：學習情境從2D變成3D

離開莫斯科之後，我們搭上西伯利亞火車繼續往前。

每次到一個新國家或者地區，英文教學是我們最重要的目的，但在蘇聯的情況比較特殊。過去在我的教室裡來自蘇聯的學生，雖然希望我到他們家鄉，但其實他們又害怕去麻煩家人，對他們來說，不管是出國念書或者是辦移民，總有一種困難重重的感覺。因此在蘇聯我們沒有任何預定教學的安排，完全以路上遇到的人想學英文，我們便開始進行英文教學，就像上一篇遇到在餐廳的服務生一樣。

我們選擇在貝加爾湖作爲中途下車站。念書時這個地名在地理課本上出現過，因爲發音有點押韻又可愛就記起來了，但當我看到Lake Baikal時，其實無法聯想原來這個單字就是貝加爾湖。

開始讓學生記憶英文單字的發音時，我的做法會以國家名或城市名來教。主要是這些地名的發音會以最接近原本的聲音來音譯，發音就會以原音的相似度為準，因此只要用地名，每個學生在自己國家中已經學過，學生會**連結自己過去的經驗，抓住語言的重點，幫助自己記憶**。

但後來我回到台灣後，發現了一些相當奇怪，完全沒有邏輯的記憶方式。譬如說「膝蓋掉到泥裡面」就記成「Knee」（逆）。這種勉強沾上邊的記憶邏輯，似乎反映著台灣瘋狂學英文的現象，這是我在環遊世界的旅程上不曾看過的。**在旅途上英文只是一項工具，但在台灣英文是生命**。每天不管是在電視上、網路上、書店四處可見，好像你每天沒有背上十個英文單字的話，你就無法競爭生存下去。

不是教文法，而是用文法概念了解學習者

學習的人產生沮喪感是會扼殺夢想的，但學習英文不是一件崇高有壓力的事情。於是我試著找一些學習者過去的經驗所知道的，可以讓他們連結到現在，這相當於英文文法中的概

念，我組織學習者在過去、現在、未來以及進行式的經驗連結，我不是教文法，而是用文法概念來了解學習者。

當我在火車上，決定要去貝加爾湖下車換站，我對貝加爾湖的情境是以前上課時念過的過去式，但累積到此刻我們要前往貝加爾湖就變成了現在式，現在要知道怎麼去？哪一天到達旅館？路程有多遠？若是在蘇聯發生狀況，沒有聯絡的緊急電話我們應該怎麼辦？我們用安全的方法委託旅行社，取得緊急聯絡電話，另外參加保險取得另一個備用緊急電話，在出發之前確認緊急電話與地址的正確性。於是會發現文法概念像似「to do list」，待辦事項列表，不是拿來背誦，而是用來連結經驗的事項及地點，文法自然就深入生活用來成就事情。

車廂裡的漢先生

我們的房間是四個人一間，車廂沒有桌子，訂到的臥鋪全在上鋪，每天爬上爬下無法工作，於是餐車就成了我們工作場所的選擇。每天早上九點三十分到下午五點三十分，在餐車點上一杯咖啡，我和Athina討論接下來的行程以及檢討已經走過的英文外賣的行程。

跟我們同一個房間的是一個年輕的俄羅斯軍法官，他長得非常高大，行李也很笨重，看見他的家人都來火車站送行，也爲他帶了很多吃的東西。他會說一點英文，告訴我們他要去海參崴，所以這一趟七天的車程，他是從頭坐到尾，因爲他是一個軍法官所以不能被照相，同時也告誡我們盡可能不要跟任何人講話。雖然都是非常破碎的溝通，但因爲借助手機上網查詢一些單字，我們告訴他需要協助的地方。

像在火車上我們會有三天時間，但這三天之中我們不知道究竟現在是哪一天？所有經過的地名全部是俄羅斯文，而且從莫斯科出發後，每一站停留的站名和時差都在改變，當看著時刻表時我們不知道現在是火車上的時間，還是莫斯科的時間？我們失去對時間的目標，搞不清楚今天到底是星期幾？

我的室友，就稱他是「漢先生」，他把我們帶到時間指示牌，告訴我們燈號亮時出現比較長的就是地名，之前我**猜想不斷重複的字應該是地名，這個推敲的動作便是已經在學習**。現在漢先生告訴我如何唸，我跟著唸，同時抄下來寫給另一個人看，下一次當我拿出來，即使對方聽不懂，或者不懂英文，配合著各種資訊，一樣可以讓人明白我想要表達的意思。

因爲不懂俄羅斯文所以一切會變得很緊張很陌生，但其實只要有常識便會發現大部分並不是因爲不懂英文的關係，像時刻表am/pm不是英文只是符號，**就算不懂英文，但知道了這個通用符號就能夠看得懂**。細想過去，我的**語言學習或許都是由於恐懼對那個語言的不懂所**

衍生出來的。

學一字，就會用一個字

與人溝通，不要停止兩種以上的「語言」，不論是文字或肢體語言。

漢先生的學習經驗告訴他，可以用很多方式讓我們知道他的意思，同樣的，我們也會用很多方式讓他知道我們的意思，我們都是有經驗的學習者。在這個過程中不能說把他的英文教會了，但我們把語言昇華，因爲我們開始用這個語言去了解對方。

爲什麼這樣說？你可以想像，當你坐在教室裡學英文，有些學習感覺好像沒有意義，但當你坐在火車上，學的是目前想要用的東西，而馬上就可以用，一講出來**大家都聽懂了，語言就有意義了**。那種效果就好像「**我需要你**」「**我需要這個語言**」「**我迫切需要**」，**學一個字，就會用一個字時，你會發現這是多麼有樂趣的事情**。

漢先生負責我們房間的守護工作，晚上當大家都進來後，他會關燈關門，讓人放心；早上他把帶來的東西拿出來跟我們分享，這些動作都是在溝通。當他拿出橘子時，眼神望著你，我知道他在發問，我會直接告訴他Orange！有時候不用學習者問你才回答，從學習者的眼神**發出詢問的訊號時，就要主動回答，這是對學習者的體貼**。這已經不是單純指肢體語言，而是學習者想要體貼我們時，我們也要知道該如何回應。

有的學生常常說我不會講英文，這句話的背後也代表著學生同時恐懼試著去溝通了。而我會常常用英文來試溫度，當對方丟出斷斷續續的英文單字時，其實已經主動試著溝通。**英文絕對不是重要，但英文是一個象徵性的符號**，表示**「我想要了解你」「幫助你」，國際性就是這樣產生的，大家都要找一個方法，用英文測溫，營造友誼**。

我們的室友漢先生對我們示好是給我們橘子吃，同時每天問我們一些簡單的問題，這些問題是醞釀好、想好後，等見到我們時發問。面對有準備的學習者，他想要跟我們營造友誼，他是有備而來的。因爲他問的問題已經在腦袋演練了好多次，而不管他問什麼問題，我都會想辦法把他的問題再講一次。當他問我們要去哪裡（you're going to……）我就回說Where are we going，因爲是問句，而且我用了一些字是他剛剛用的，所以他會知道我在重複他的問題，他馬上Yes！Yes！當他說Yes！Yes！時，你就明白他知道原來那個問題要那樣問。請注意，這裡我沒有說用冗長的句子，完美的文法，但是用簡約的字，配合動作，物品，就是講出來的話也是找出共識的字。運用了百分之二十的聽，百分之三十的看，百分之二十的講，百分之二十的用，加百分之十的用心！我站在漢先生的角度，問出他要問的問句。接下來我把車票拿出來讓他看，用英文發音講地名。How many stops?當我問他我想發問的問題時，同時舉例一些地名，如莫斯科……讓他更清楚我的問題。當我問時間，不是只問what time is it? 而是說time就比著時鐘，然後他帶我們去看每站停留多久的表格。

2D到3D的學習過程

這段英文外賣是漢先生每天都很有心地問我幾個句子，我從句子裡去了解他想知道什麼。**當一個人的動機是想要了解我們，我們也要準備如何回答他的問題**。

假設他大學畢業是一位軍事法官，他學英文的歷程有多少時間？可以幫我去了解對方哪些字可以用。這一趟旅行中幾乎每個國家都有英文課，從國小三年級或一年級開始學，如果學到國中約一千至兩千字，到高中可能是五千個英文字，另外還包括學習的時制。漢先生也許不是我們熟悉的教育體制，但至少他的英文程度可以有很多問題問我，我了解到這一段英文外賣我不是教他的那一方，而是讓他練習。我讓他在每天問問題中回答他。這個學習過程是由漢先生主導，我成了跟他學習的學習者，了解他要學什麼。

我說，這一趟出發，是我的在職進修之旅。

如果像在教室內一樣，急著要把學生的英文教好，這會是漢先生想要的嗎？他的英文已經有些程度，我必須要了解從哪裡開始，讓他本來已經知道的部分透過我的複誦，由他的耳朵幫他記憶。所以，這**不是教而是複習，複習是一個情境的營造**。就像我們都看過同一部電影，現在我要當觀眾，告訴他哪些畫面演過了而他忘記了，他說Yes Yes Yes！那個字他學過，那個字他也學過，於是我看到他**把學習過的字像從平面的2D畫面變成了3D立體畫面，過去那些單字只是學過放在腦子裡，從來沒有跟任何人講過那個字，現在卻跑出來用上了……**

在教室裡我常常看著學生的眼睛，試著讀出學生現在腦子裡所想的。與漢先生的英文外賣我才發現，原來我有讀學生的習慣，當我看到學生腦袋裡找不出字時，到底現在他的腦袋裡有哪些字在轉？我開始試著搜尋，唸很多字，讓他們聽，有沒有聽過？沒有，再搜尋，再搜尋，我們好像一起讀同一本書，或者一起想起同一個畫面；對對對，當學生回答我就是這個字時，我們好像彼此分享了一個祕密的存在感。從紐約到莫斯科的西伯利亞火車上，已經算不清究竟相距多少公里了，但在教室內與教室外，我用同樣搜尋的方式來聽見學習者在腦海中曾經產生過的激動與自信。

MEMO
18

- ☑ To do list，不是拿來背誦，而是連結經驗事項與地點，這樣文法自然就深入生活。
- ☑ 我迫切需要這個語言！我迫切需要學習！
- ☑ 學一個字，就用一個字。

北京的泰迪熊：學習態度沒有改變就不會進步

我在北京車站等了將近六個小時，最後終於放棄等待。那個被我叫「泰迪熊」的學生，其實在我心裡好像已經有答案，但我仍不死心地等了六個小時……

我想起在紐約，他剛走進教室的樣子。一百七十多公分的身高，魁梧壯碩的身材，一走進教室，你會覺得好像有一隻巨大的泰迪熊走進來。學生和我，習慣在見到面或者離開時，都要抱一下，來自北京的他，每一次的「熊抱」，都非常害羞，以及笨拙。

一隻會呼吸的泰迪熊

雖然已經離開教室三、四年，但我們仍然約在北京見面，並且由他來安排在北京的一日行程。而現在是我們必須自己找旅館，調動行程。泰迪熊隨後趕來旅館，姍姍來遲的他沒有在約定的時間出現，但終究會現身，一樣與我們來一個不自然的熊抱，一樣善良笑嘻嘻，一樣在我眼中他仍只是個會呼吸的泰迪熊……

早期來到紐約教室的中國學生，一開始三、四個月還無法掌握環境狀況，搞不清楚電費水費的漲價會有什麼影響，等收到帳單才開始感覺自己要在這個社會生存下去的話，必須馬上擔負起所有生活家計，沒有任何可以依賴的對象，只能靠自己。這幾年中國在國際角色的轉變，現在就像一個班級裡的資優生，過去培育的人才把整個國家帶動起來，每個人表現的氣氛充滿了早期的American dream的樣子，只要你能夠dream，就能夠變成possibility。少數來到教室內的中國學生，有幾個共通點：單親，家境優渥，自己沒有目標，未來總是讓父母下達指令就好。泰迪熊就是其中一個。

他不需要爲自己特別爭取什麼，也不用費心思賺錢養活自己，每天安逸地掛在網路上，早上上課需要別的同學提醒他，鬧鐘加上電話催促，唯有這樣才會準時出現。身邊的同學爲了要爭取更好的工作機會與生活紛紛進了大學，但對他而言，是能夠在美國拿到護照和綠卡，然後回北京，至於未來的事情就再看看吧。

泰迪熊在紐約教室半年，這段時間應該是他的人生最勤快與準時的六個月。一離開教室的他，會去法拉盛的中國城美食街，或天天待在家裡打電動，只要問他，他的答案永遠只會告訴我我想聽的。

我變成了教科書

而北京的這次會面，顯然他沒有做任何準備與功課。

環遊世界的英文外賣，每到一個地方碰到在教室外的學生，我就印證過去在教室內的學習。法國的索蓮、德國的背包客學生，雖然時間過去了，但他們的學習同樣一起跟著成長，所以他們安排我的行程，同樣用我在教室內協助他們時所用的方法，而我則反過來看見教室外他們的成長。

泰迪熊沒有搭過從其他國家來到北京的火車，當我們從蒙古進入北京，下車的地方是國際車站，而不是國內車站時，因爲是不同的車站，所以他第一步就走錯了地方。他沒有親自安排準備，而是仰賴朋友做功課。

他帶我們到專門吃燒烤的店家，門口還有小弟負責開門，我不習慣有人幫我開門，於是自己開門進去，沒想到小弟因而被罵了一頓……這個和泰迪熊年紀一樣大的孩子，從甘肅來到北京工作，想要爭取更多發展的機會，和泰迪熊是兩種完全不同環境的孩子。而泰迪熊呼朋引伴安排了許多餘興節目，甚至他整個人生就是一個餘興節目。他告訴我想要寫遊戲程式，我建議他如果每天打一個怪獸就會懂五十個單字，用這五十個單字量，每增加打一個怪獸就繼續累積一百個，有些字會重複使用，所以每天找不同怪獸來增加字彙。我會給他這些規範，但他離異的父母卻覺得這是不需要的，因爲不是用英文學習程式語言。我讓他擁有一技之長的方法變成是教條，比起他的父母，我反而成了教科書。

喚醒你的催眠狀態

我看見泰迪熊慢慢地喪失了自己的本能。也就是說，當他**開始放棄了一些人生的目標**，**會發現自己的本能也會漸漸消失**。泰迪熊的本能在慢慢喪失。我說的本能是不需要特別去念大學都會知道的那些東西。放掉思考，或者主動性還有意識性，本能就會失去。

泰迪熊是我所碰到**「處於催眠狀態」的學生**。他的遲緩，他的閒散，他的不經心，沒有目標，不想選擇，不去學習，都是處於被催眠的狀態，這樣的學生我們就放棄了嗎？反正他的未來就是沒有未來，這時需要教育做什麼呢？

大家都喜歡泰迪熊，也會花心思在他身上，他的存在讓人有種情緒放鬆的感覺，他其實也會有自己的想法，可是當別人告訴他不需要用腦時，他就會選擇不用花心思，反正別人都決定了，他只要現身就可以。教室內我可以讓他學習，但一回到家庭教育上，就又故態復萌。就好像有時在公司，只要慢慢熬，熬到年資到一個程度，就會升遷，但這升遷無關實力與學歷。泰迪熊等於是從小被家庭教育的價值所催眠了，我想辦法要叫醒他。這樣的學生，我不再要求他，**如果我繼續教他、帶他，我無法去驗證，於是我要讓狀況實際發生**。他應該出現的時候沒有出現，我就要接受他眞的不會出現；他應該學習時沒有來學習，我必須承認他的缺課；他應該去大學但他把無所事事作爲一種習慣時，**我唯一要做的就是讓一切發生**。

我或許明白他眞的是一個非常優渥的人，不是指經濟上或家族的給予，而是他不需要爲生命、爲生存去打拚，他天天都有二十四小時可以揮霍，至於有沒有英文對他來說也已經不是那麼重要了，他照樣可以活下去的。在我旅行的世界地圖中，我將種子種在學生的生命裡，讓他們知道我的存在，如果有一天他真的需要我時，隨時可以找到我。

泰迪熊或許只是找個藉口學英文，讓家人知道他有念書。不管是藉口也好，還是逃避現實也好，我會讓他看到當我帶著Athina環遊外賣英文的過程還有這一路的刺激和視野。他無法再留在原地，他的年紀越來越大，他必須要有行動，一旦**他開始行動，他的學習就會改變，他的學習改變，他的狀態就會改變，他會在自己的地圖上找到一個位置。**

回到台灣

環遊世界英文外賣最後一站

終身學習的彈性

他來教室時是十六歲，臉上笑嘻嘻的，很靦腆的一個孩子。當我面試他一連串英文問話，他回答時總會盯著天花板想一下之後再盯著我。有些孩子會急著回答我的問題，但他慢了好幾拍的思考，讓我對他特別留意。

他的精神旺盛，像剪了短髮的新兵。英文才剛剛開始起步，如果用古典音樂裡的速度來說，他的速度就是andante，行板。每次看到他總讓我有一種夏日一場大雷雨後，走到田裡散步，不濕熱，簡單純樸的感覺。但他對自己的自我要求很高，情緒高昂，希望自己的學習進度像allegro，快板。

有時我們學習英文**要在浸淫一段時間之後語言才會開始發酵**。

當然你可以非常allegro，用快板的速度來背誦單字，然後去考試；但說話表達是像一個音符到另一個音符般，是營造出來的，有快有慢，有高潮迭起。當你熟悉一個單字將它活用出來時，需要的是andante，行板的節奏。

而他，小華，學習總在同一個地方產生挫折，也就是他必須慢慢走，但卻總想要快快走。當我到他家進行家訪時，比小華動作更快更活潑的Vivace，是小華的母親。我明白小華的原生家庭，因爲父親驟逝，讓每個人的生存目的變得明確，所以要以非常快的速度振作、重整。

我是老鷹家長

我給小華一個**領導者的位置**。

就像管弦樂團，他既可以拉大提琴也可以拉小提琴，他的個性與觸角活潑而且能不斷自我發電，但絕對不是一個獨奏家。因爲他非常多才多藝，我營造環境讓他當管弦樂團一員，他個性上的行板與快板可以透過不同的主題音樂有所發揮和表現。像帶領新同學熟悉環境一樣，他每天可以認識新的人，這個過程中他每天開始用英文做許多介紹；同時我慢慢奠定他的管弦樂人脈，讓他在這其中慢慢發揮他的能力。

我開烹飪課，他教同學做菜。今天要做蒸蛋，我們開始研究食譜，採買食材，他很快樂，上課的時候就像上節目一樣，還會幽默地開開小玩笑，同學很愛上他的烹飪課。很多時候家長像直升機一樣，盤旋在孩子身邊，太過注目尊重孩子，而我比較像老鷹家長，遠遠看著孩子的成長，拉開視野的廣度，更可以看見孩子的彈性。而很多時候**大家都覺得在英文環境裡直接學英文是最快的方式，但就小華而言他最大的沮喪也可能來自於在英文環境裡學英文，他無法馬上了解與回答**。我們教蒸蛋，看起來也不能讓他很快學好英文，但透過做菜可以給他信心。遇到不會做的菜，我們一起研究，然後做出來，讓他發現只要東西都對了，那麼就可以有信心學會。

而這就是終身學習的步驟。

展開生活雷達，保持彈性

我們開始要教炒蛋這道菜時，小華覺得這是大家都會做的事，但教大家都會做的事，步驟卻是很困難的。有同學問黃殼雞蛋與白殼雞蛋的差別時，要如何去回答？炒蛋的搭配包括哪些食材？所以表面上好像炒蛋是一樣大家都會做的菜，但真正要教卻不是那麼容易。

終身學習的步驟就是要把這些有形無形的東西都當作一種投資，不是你去繳學費學的東西才叫學習；終身學習是一個態度，也不是念了碩士博士才叫終身學習，終身學習是對自己投資的態度，對知識的好奇。

有時候看新聞看到新的知識，不懂的話就馬上查詢Google，不會只相信媒體的告知，也不會相信單一媒體的訊息。就像聽到奈米研究的新聞，我會去搜尋相關奈米研究的機構，比照是否就像新聞所說的一樣，了解奈米是什麼樣的概念產生出來的等等，這些行爲不是追求新知，而是滿足我對知識的好奇，這就是一種終身學習的動力。有一天我碰到一群剛剛認識的朋友，其中有一位便是奈米研究的工程師，他說自己做的東西很無聊所以不太喜歡與別人談起，可是我把之前學到的奈米知識與他分享，無形之中擴展了自己的人脈關係。保持好奇心讓我們在學習上不會與生活脫節。

而保持彈性，更是終身學習的一種態度。

當我在教室內規劃課程時，我的彈性很大。有一次學校方面緊急加開類似台灣的「公民課」，被告知的時候只剩一個月時間可以準備，但其實在這之前我已經注意，只要學生想在美國生存一定要了解如何成爲一個美國人。我慢慢準備先讓自己成爲一個美國人，當學校緊急開課時，我已經有了課程的雛形。

在**日常生活當中養成觀察的習慣**，不是現在臨時需要才去學，也不是學了之後會加薪才去學，而是自己的觀察當中裝有雷達，雷達掃射的範圍要越來越廣，誰知道哪天不經意碰到了一個有興趣的事件，很可能成爲另一個生涯樂章的開始。

捐出打工的第一張支票

小華離開教室後，像背包客一樣到美國每一州的餐館打工，他希望可以在短期之內看完美國，選擇以這樣的方式鍛鍊自己。不管哪個地方，在餐館工作永遠是最辛苦也是最消耗體力的，小華對自己的生命態度有活力也有期待，我了解他的韌性。

當我的這一趟在職進修環遊世界英文外賣旅程進行募款時，小華留言說，請給他一個星期的時間。當時我不太懂他的意思，但一個星期之後他捐了一萬塊台幣，他把工作領的第一張支票捐給了我……

我時常聽到鼓勵別人要勇敢去做一件事情，但對我來說，如果我可以，我能夠去承受學生給我的愛與期望，那應該也算是一種勇敢吧……

旅程走到十二月中旬，最後一站是小華的家鄉。

我發現在教室內與教室外，我與小華的角色互換了。

他一路透過臉書網路不斷叮嚀，擔心有什麼狀況發生，他親自安排在家鄉的行程，就像當時在教室內安排課程一樣。離開了十幾年的小華，很多地方都已經變了，所以他把行程自己先走了一遍，就像以前在教室內我教他的方式一樣。

教室內我對小華非常嚴格，那是因爲他對自己的要求非常嚴格。

我的第一個嚴格是讓他**對自我要求的控制**。

我會出題目給他不同的考驗，如果這道菜要花費三塊錢美金，如何去安排？這樣一來他必須去計算以及學會控制成本。就像學習英文一樣，他會開始安排而不會很急躁地一次想背好一千個單字，而是一個星期背好一百個單字，然後再從這一百個單字中再去變化十到二十個句型。當每個禮拜的進度都在該完成的區塊完成了，他越來越有信心之後，我再慢慢增加進度，不斷不斷把目標提升，連他自己都不知道原來自己的觸角變廣了。有的孩子太躁進，一下子希望把很多東西做好，但卻沒有一件做得好，這時我們必須要嚴格要求的是讓孩子只做好一件事。

我的第二個嚴格是**不要隨便問問題**。如果要問問題，必須要思考過之後才能問。要教炒蛋這道菜，如果你問我蛋要去哪裡買？這樣的問題我是不會回答的。但如果問我爲什麼有機蛋與一般雞蛋的價錢不一樣？問題有比價的概念，我便知道那是思考過的問題。

第三是**做好自己的情緒管理**。小華的好勝心與急性子加上對事情要求完美，這些不成比例的行板慢板快板搞在一起時，加上家庭又有一些狀況發生，情緒上的激烈反應是可想而知的。雖然我都知道他的狀況，但我希望他能夠有求助的概念。

第四個嚴格是**必須要守時**。每次上課，都必須同時進行兩、三件工作，只要有一件工作無法準時完成，接下來就會亂成一團。

因材施教對我來說，是如何輔助孩子決定自己的方向。

未來十年後的自己

和小華一起回到家鄉參加哥哥的婚禮，我被安排在主桌的位子上。切結婚蛋糕時，一層又一層疊上去的結婚蛋糕，讓我想到十六、七歲的小華來到紐約教室時每天去買蛋買蔥，但誰想到現在這個孩子已經有主廚資格了。我知道小華有所成就時就像蛋糕最上面那一層，而過去教室內的每一次學習就像堆疊起來的最下層的大蛋糕一樣。

很早以前我總是將自己的年齡四捨五入，二十幾歲時以三十歲的心態來活，過了三十歲我看到四十歲的自己，我用未來十年後的自己來活。當小華對我說，他已經想到自己接下來的十年時，我突然感覺原來一個二十歲出頭的與五十歲的我所追求的是一樣的……

在這裡，我們的緣分是在地球繞了半圈後，跨過紐約，跨過大西洋，都還緊緊連繫在一起。環遊世界英文外賣的行程已經告一段落，我所給自己的在職生涯進修還要繼續往前走。下一站是我離開二十幾年的土地——台灣，我不知道自己會面對什麼樣的變化與挑戰？我拭目以待。

learning
happy

不論世界哪個角落的英文教室裡，
每個學生都為了緊跟世界的腳步而努力！

PART THREE
台灣筆記

筱薇老師英文外賣

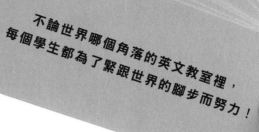

英文外賣
TAIWAN
台灣筆記

2013
April

我是回家的觀光客

全球化的腳步，跨越國與國的邊境，全世界每個地方都需要一個共通的語言，都在製造一個共通的語言。

二十至二十一世紀的學科議題包括全球意識、公民素養、財金商業創業素養、環境素養和健康素養，這些都是二十一世紀統合學科的主題。當我踏進各國的教室裡，意識到了語言也是各個教室連結到教室外、到國家外的全球意識觀。全球意識著重在運用我們的技能，來了解並解決全球性的問題。學習如何跟不同文化、宗教、生活型態的人相處，本著尊重無障礙的溝通，了解其他國家的文化。

當二十世紀開始倒數時，我從高職畢業，而後離開台灣，到英國學習當老師。

二十五年後，我經歷了兩個月的漫遊教英文，回到了台灣，右邊是跟我從紐約教室裡來的學生，左邊伴著熟悉的風景，揹上旅途的大背包，我是回家的觀光客。

台北市多了好幾條捷運路線，方便與繁榮無限延伸，而鄰近的新北市成了大尺碼的台北市。過去印象中只要到「台北縣」就會有郊遊的感覺，坐著公車，晃了很久才會到的地方，因為深怕餓著還預先準備了吃的東西。而現在連高鐵都完成，南北距離不再是五、六個小時的車程，一上車很快就到達目的地，每一站皆可見便利商店、速食店，我們都不用再為旅行中的時間而細細打算。

二〇一二年，台北市被列入萬事達卡（MasterCard）發布的全球旅遊目的地城市指數（Global Destination Cities Index）排名前二十名之一。

我細看了這個調查，這是在一百三十二個城市中，選出二十大受歡迎的觀光城市，可以看得出來，大部分都是首都或都會區。其中以英文為第一或官方語言的國家有五個，華語的國家有六個，而我去過其中十六個地方。我在五個國家念過書，在數國做過事，我有數次在不同城市看醫生的經驗，也曾錯過飛機三次，遇過不同國家的罷工五、六次，在不同的地方討價還價租房、租車無數次，甚至碰過恐怖組織的威脅七、八次……看起來似乎在每個新的地方我必須做很多適應與調適，但事實上，每個地方其實已經有統一性的便利，城市規劃與繁榮，讓異鄉人馬上很快就可以入境隨俗。我在異地繞了二十五年，看見全球化的腳步，跨越了國與國的邊境，全世界每個地方都需要一個共通的語言，都在製造一個共通的語言，不論世界哪個角落的英文教室裡，每個學生都為了緊跟全球化的腳步而努力。

英文外賣 TAIWAN 台灣筆記

2013 April

Where are you from?

妳看起來不像美國人！每次聽到這樣的回答，我便想，我的同事們五顏六色，美國人是什麼長相？

Where are you from? 當我被問到的時候，我會試著猜測他是很認真地問這個問題嗎？想知道我出生的地方或者是我住在哪裡，還是想知道我在哪裡住最久？我覺得滿尷尬的，回想到第一次學這句話的時候，是在炎熱的夏日裡在后里國中的教室，這句話只有一個意思「你是哪裡人」。

當我回答台灣時，問的人眉開眼笑地說你英文真好，當我回答海外華僑時，他們興奮地稱讚我中文流利。當我回答紐約時，問的人通常皺起眉，上下打量之後，不可置信地搖搖頭說：妳看起來不像美國人！每次聽到這樣的回答，我便想，我的同事們五顏六色，祖先們來自四面八方，美國人是什麼長相？什麼樣才叫美國人？

世界觀察研究所指出「跨國遷徙」，是造成二十一世紀全球化發展的原因之一。根據統計，現今世界上每三十五個人中，就有一個移民，也就是說沒有一個國家可以說他們「沒有移民」，而我在紐約的英文教學就是負責新移民的英文，等於我的英文課程，就是為全球化現象做準備，為每一個國際化背景的學生安排學習。因而我常常提醒自己，要能讓學生看到未來，全球化讓物質與語言統一在既有的文化上，學生經過折磨與勞動的遷徙旅程後在我的教室出現，每個人都在追求全球化的記號與標誌，McDonald's、Starbucks、Coke。但他們翻山越嶺，離開貧困的家鄉，有的學生家裡務農，到了美國做工地工人，有的在家鄉做陶藝，後來只能跑去餐廳打工，如果他們心生嚮往的品牌象徵著富裕，那麼當他們走在紐約五光十色的街道上，我這個英文老師能夠教他們什麼美國人的樣子？

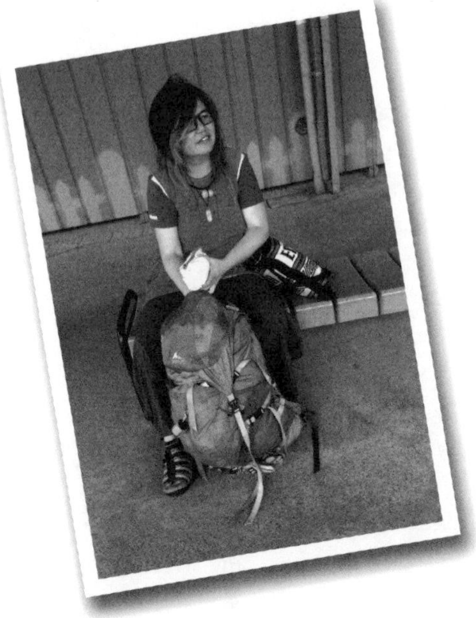

英文外賣
TAIWAN
台灣筆記

2013
April

你的背包裡有什麼裝備？

沒有固定人際關係，規律的時間，當你決定體驗生活的同時，你的背包裡是否做好了一個全面實地學習的準備呢？

我時常在想，全球化產生的價值觀，英文造成的便利溝通，讓我們在地的價值受到尊重或是被取代？

無意中看到一個學生在FB上貼文與回應的留言：

A：好美啊，這是哪裡？
B：英國。
C：你什麼時候去的？
B：上星期。
D：你還在英國嗎？

B：回來了。

E：去多久？

B：十天。

J：你英文很好嘍？我也很想去，可是我英文不好。

F：我也好想去啊，貴不貴？

B：給J，我英文還可以。

B：還好，跟美國差不多。

G：我想參加十五天遊八國的歐洲團。

B：我已經去過歐洲十國了，只有英國沒去過。

H：你最喜歡哪一國？

B：義大利。

I：為什麼最鍾情義大利？

B：東西好吃，人熱情。

……

公民素養，是透過有效的參與公民生活，藉此了解政府工作流程，在地方縣市、國家和全球各級行使公民的權利和義務，了解公民決策是影響地區，且跟世界連結。

「travel」旅行這一個詞的起源，韋氏辭典解釋是從「travailen」「travelen」衍生而來。這個詞意味著「折磨」「勞動」「努力」，像是體驗旅途上體力與心力的考驗，而中文裡，南征北討五百人的軍隊為「一旅」，還有其他延伸如「行萬里路勝過讀萬卷書」。全球化與網際網路盛行，旅行變成來得快去得快，還能在臉書PO文按讚。

我也聽到很多年輕人想出國打工旅遊，在環遊世界教英文的旅途中也碰到很多背包客，他們到一個陌生的地方體驗生活，而這種實地學習的範圍包括領會、操作、觀察、訂目標、蒐集資料、制定時間表以及與人的協調合作，而體驗結束後的經驗利用，更是實地學習的重點。

在紐約我帶學生到Jackson Heights的速食店用西班牙語點餐，在唐人街用中文溝通，到皇后區的泰國廟吃道地的泰式素食，到Brighton Beach吃蘇聯料理，讓學生從教室走出來，甚至帶他們共同分享我離鄉背井後再度回到台灣家鄉的衝擊。我想把世界拉近到我們的眼前，用他們在教室內學到的英文課與技術，讓他們釐清要延續與保留的文化，找出他們要看到的未來。

作為一個教育工作者，我們要如何鼓勵學生自我學習？培養學生自我安排？讓實地學習的計畫有遠見，幫助學生對未來有遠景，有準備及規劃，帶學生走出自己熟悉的環境，更加敏銳地意識到自己的價值觀，作為世界公民素養的培育。透過旅程中的挑戰與經驗，在適應中擴大個人的世界觀和自我理解的形成，並且學習對未來的見解。

當離開教室的環境，學生感覺就像逃出實驗室的白老鼠，這個世界沒有人主動給食物，平常必須要遵守的紀律也沒有了，每天沒有固定的地方，也沒有規律的時間，更沒有人測試進度，也沒有固定的人際關係。所以當你決定體驗生活的同時，你的背包裡是否做好了一個全面實地學習的準備呢？

看什麼重點？	看到什麼事件代表？	下一步我的做法
生活目標導向和學習主導性	Joel 找他的同學來幫忙，表示他對學習的迫切。也有可能是缺乏安全感。	我直接對 Jeol 提問而不是對他的朋友。對於他的缺乏安全感，我會用我的手勢清楚地表示問題的內容。
學生的教育背景	對填表格的熟悉度。	如果學生可以看著表格回答大部分的問題，代表這位學生可能滿適應學生生活。
英文熟練程度	他的身體語言有沒有表示試著要回答我的問題？下一步我會寫下他需要的一些資訊。	
生活忙碌程度	有沒有上班或在其他地方上課？	我會從他上課的反應推斷他要多少的學習時間。
自我意識高低	回答問題的意願高低？	如果沒有主動地提問，我會提出兩個問題。
不同的學習風格	觀察他用的東西，例如筆記本、電腦、皮夾、書包等。	學習用具的準備是一個線索，讓我了解學生對學習熱中的態度。
想要或需要，立即應用英文	學英文的目的？	我提供不同程度的單字表，像是紀念品讓學生帶走。介紹學習目的與動力的結合。
不同的技能、興趣、背景、生活經驗、學習情況	團體互動如何？能否自己安靜寫功課？休閒活動是什麼？	我給他一本書，會觀察他們有沒有隨機地閱讀，以及閱讀的時間規劃。

英文外賣 TAIWAN 台灣筆記

2013 April

在台灣的生活實習生 Joel

「英文」是我們對外最重要的媒介，在不同英文環境的交織激盪下，可以測試英文是否是世界共同的語言。

Joel 是這次與我在台灣進行英文外賣的生活實習生。

記得他十七、八歲來到我紐約教室時的無助模樣，當時他還帶了個同學來當翻譯，說地一個英文字都不會，可不可以來上英文課？

來找我學英文的學生，十有八九一開始是雞同鴨講地溝通，這時我要從這些模不著邊的溝通裡來推算學生過去的學習歷程。如何把學生學英文的「前世今生」正確評量，我用幾個項目來做檢測。

Joel來自多明尼加的鄉下，在紐約住了六年，一邊打工一邊上學，沒離開過紐約。【外賣英文】的計畫由Joel來台灣擔任在地實習生，我跟Joel一起環島，聯手從台灣這個平台，以英文學習出發，我們以示範、解說、互動與回饋的方式執行交換，每一段經歷，協助我們更清楚釐清自己想要或需要的技能。我們從「旅程教育」的角度來準備，以「旅程教育」啟程，我帶我的學生從紐約教室離開，行腳到世界各地。我和學生想要一起找出幾個「旅程教育」的要素，實地操演我們在紐約教室所學習的。「英文」是我們對外最重要的媒介，在不同英文環境的交織激盪之下，學生Joel可以測試英文是否是世界共同的語言。

一早凌晨四點半我到桃園機場接他時，因為時間沒有拿捏好，深怕沒能趕上Joel的入境時間。沒想到第一次來到台灣的他，很快就能識別在陌生國度的機制，這也是全球化讓生活規格都在一個統一範圍的結果。搭車回台北的路上，見到跟美國一樣的速食店、歐美名牌店，他所感受到的文化差異似乎只有氣候與語言的不同；比紐約熱一點，濕一點，風大一點，雨多一點，華文台語多一點……

英文外賣
TAIWAN
台灣筆記

2013
April

究竟你為什麼需要英文？

如果學習英文對電子工程師來說是現在所迫切需要的一項能力時，就不能當作只是興趣而已，而必須成為職業的必需品。

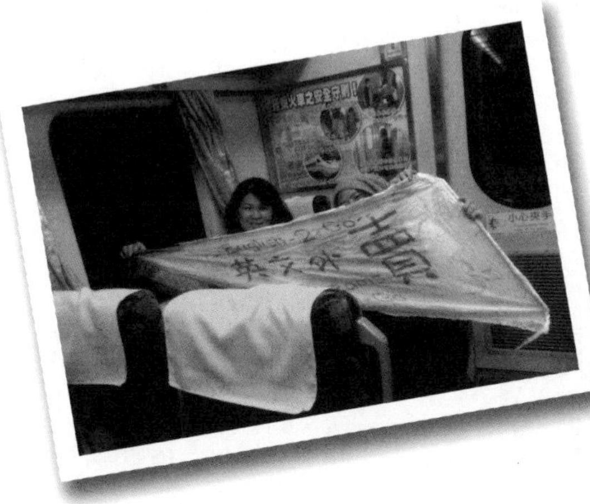

旅程從基隆開始前往宜蘭，我與Joel手中的火車票是由朋友贊助來的，沿途看到的風景從海邊、綠地、稻田之後，很快就來到了宜蘭。這一次與我們英文外賣交換的對象是一位住在宜蘭但在台北上班的電子工程師，他最大的問題在於不敢開口說英文。

已經是中階主管的電子工程師問我，希望英文好一點，是不是應該出國念書？可不可以建議哪個語言學校比較好？像這類問題我並不陌生。回台灣後，無論家長，國中、高中、大專院校學生都提出這樣的問題。但我希望這位電子工程師能夠再次深度思考一下，提出他真正想要與我們交換討論的問題，同時也希望他的問題可以再更聚焦。已經有實戰工作經驗的他，有既定的工作目標，也明確市場的需求，應該要從這些項目中再提出一個具體且核心的問題。

譬如說我的網球技術不好，但我並不常接觸網球，最多有過一、兩次玩耍的經驗，所以我的網球技術不好是應該的。但網球技術好不好對我來說並不重要，我要的只是偶爾打打，當作興趣好玩而已。如果學習英文對電子工程師來說是現在所迫切需要的一項能力時，就不能當作只是興趣而已，而必須成為職業的必需品。對於必需品來說，應該要講得越貼切越好。例如鞋子，就要區分是高跟鞋、平底鞋、涼鞋、拖鞋或靴子，更甚一點連材質也要考量。當你去找一雙鞋時，如果確切知道自己的需求，就能更明確地找到自己想要的鞋子。同樣地，當個人碰到工作上的需求，要更精準地了解個人的需求是什麼？

硬實力、軟實力、巧實力

哈佛大學企管系提出三種針對企業營運需要具有的實力。

也就是硬實力、軟實力、巧實力。

硬實力包括硬體設備。以國家為例，便是看其軍事實力和經濟實力。

軟實力指的是文化、價值觀、意識形態

跟民意。

巧實力介於硬實力與軟實力之間，集合兩方的優點靈活運用，也就是所謂戰略、企劃。

以我自己為例，過去在紐約教室非營利機構工作時，常常需要巧實力。以寫企劃書為例，而企劃書的內容考量的是現有的資源（如教室、房租、水電、課桌椅）以及額外補充的資源統合，從硬體角度來思考就需要更多書、電腦等等，從軟實力來設想就是針對學生族群、學生對象等。而巧妙運用兩者，以搭配與調整的能力，在帶領學生學習的氛圍下，與巧妙的規劃之下，增加更多學生可以參與的過程，就是所謂的巧實力。

英文能力是升遷最大障礙？

電子工程師的英文能力困擾他許久，我們透過談論他過去的學習經驗與工作環境，了解他周邊資源與職場現況，進一步挖掘真正核心需求問題的所在。

我發現第一個有趣的地方是電子工程師的公司名稱。

由於客戶大多在海外，但因為公司的英文名稱外國人不會發音，所以領導者改變了公司的原有名字發音。在國外老外不會因為你不知道怎麼說他的名字而改名，最多換個小名。就好像某個人叫 James，因為你發不出音，所以可以叫他 Jim，或者某人叫 William，你也可以叫他 Bill，改叫小名並不表示他們的名字不叫 William 或者是 James。所以無論國內或國外，名字都是非常重要的。但是像電子工程師的公司做出這麼大幅度的改變，反映著這個公司企業對客戶採取了一種全力配合的態度。也就是說，公司的每個員工都需要具備良好的溝通是這個企業的行銷武器，那麼「英文語言能力」的基本需求對這家公司來說就是百分之兩百的重要。

工程師與同事之間也出現升遷上的差異。

有些從美國回來的同事升遷上就比他這個本土訓練出來的工程師來得快，主要是他的語言能力沒有留美同事好，而且當他講英文時，翻譯人員會試著糾正他的英文語法，造成自信心受損。而某個程度上他也認為自己沒有留學，因此所有人的英文都比他好，這樣的預設立場造成他越來越不敢開口說英文，但其實他聽得懂英文，也有基本英文能力。他計畫留職停薪，帶著全家大小到美國或英國去加強語言能力。我感受到他強烈的失落感，當然對於這樣的魄力跟決心相當欽佩，但同時我懷疑這樣的決定是否確實針對他的核心需求？

建議方法：先找出自己的興趣

選擇語言學校的人，大部分有繼續升學的計畫，例如：碩士或博士，他們需要完成一個英文考試程度。當然，現在也有一些商業英文的課程，但是商業英文的課程較為制式化，例如：多益。

這名電子工程師已經有足夠的詞彙量和文法概念，基本的英文能力是有的，只是這些基礎都被放在一個非常防水的保鮮盒裡，處於一個非常密封保鮮的狀態。因此我們只需要設想一個辦法，來幫助他收穫這個果實。無論跟客戶談生意也好，或接待也好，都免不了人跟人之間的互動。人不是機械，人是有表情、聲音、味道及動作的，這些種種都會讓人的生活與他人息息相關。

我建議他有兩個方向：第一個找出個人興趣。第二個跟著他的小孩一起在家中營造出英文學習環境，讓他熟悉自己講英文的聲音，同時，他也能夠將已經知道的英文詞彙傳遞教育孩子。另外，在特別的時間與孩子一起交流，這些學習的型態包括上網、聽音樂等等。利用這些形式，使得英文單字和句子可以運用在我們的生活中。

我更建議電子工程師尋找幾個不同的網站，比較這些網站所發出的英文語調是否類似，如果雷同的話，就可以從中擇一來學習。由於目前使用英文對話的國家相當多，如：澳洲、紐西蘭、新加坡、馬來西亞等等，這些國家都是使用英文來作日常會話，但語調都會有些微的差異，因此，在學習的過程需要明確選擇一個熟悉的語調來練習。這個過程也讓我們知道不同國家英文發音的不同調性，進一步妥善選擇後放入電腦裡頭，一再練習。除此之外，自己也可自行錄製個人練習的內容來練習英文聽講。

我非常確定他的英文程度足以教導他的孩子，其實家長可以運用所熟悉的發音及字句來練習，自然地活用在生活當中，並且將這樣的學習心態和模式傳遞給他們的下一代。

出國充電是要把你的電放掉

如果自覺講英文怪異，孩子也會覺得怪異，這些怪異感其實都是被影響捏造出來的。當你自然地接受英文這個語言，它就會被你自然地接受，並且自然地說出口。

記得過去我在紐約教室教職員中文時，一進教室我就開始使用最熟悉的母語中文，這是我刻意營造的學習環境，我希望他們能夠體驗學習不同的語言。因此我計畫在辦公室花十分鐘來教中文，給予他們一個經驗。每個人接觸一個陌生的語言時會有些尷尬，但基於信任關係，他們知道老師必定會想盡辦法讓他們聽得懂我所要表達的意涵。在這樣一個信任關係下，學生們就開始慢慢地接受老師的引導。因此，短短十分鐘內，我的學生及我的同事們開始學會使用中文唸出數字，從一講到十。

我認為在家中營造一個比較輕鬆愉快的語言學習環境，慢慢熟悉英文這個語言，進而在工作場所讓同事發現。其實自己是可以講幾個簡單的英文單字，循序漸進地解除對於英文的恐懼，然後開始與客戶接洽時，也能夠嘗試開口說出英文與客戶會談。

另一方面我建議，如果真的想要出國深

造，最好規劃學習語言之外的專長或知識為主要目的，使得一家三口享受這個學習的旅程。不要因為個人沒有辦法升遷，沒有辦法轉換工作跑道而洩氣，興趣與喜好是可以被挖掘出來的。讓自己短期充電，把工作上的不愉快和壓力進行轉換，甚至是排解。充電最大的目的不是去念更多的書，充電是把你的電給放掉，讓你有更多的空間可以去補充能源，如果你的電池一直是滿格的，如何再繼續增加電量？同理，如果個人在其專業領域裡呈現飽和的狀態，將很難再有動力去補足所缺乏的元素。

這名工程師必須要改變他現有的工作內容和態度，運用語言這個軟實力搭配原有的學歷和經驗，巧妙活用他的巧實力來讓語言和自己沒有隔閡。語言的啟發，不能硬是透過工作的需要才去培養，這將會讓學習跌入一個痛苦的深淵。在現有的工作領域裡他已有專業，公司也認同他的專業，我們何不將語言當成另外一種興趣喜好來學習，自己營造一個和善的語言學習環境，也在未來為自己的工作加分。

英文外賣
TAIWAN
台灣筆記

2013
April

領導者訓練與團隊合作

在團隊中接受大家不同的意見和聲音，不要使答案永遠只會有一個答覆，打破古板的教學型態，跳脫英文課只有一問一答的方式。

從頭城走到羅東的路上，沿途有許許多多不同的小港口，我和Joel揹著我們的大背包走進南陽美術館，欣賞當地藝術展覽。開車路過的外國人似乎很讚許我們揹著大背包流浪的感覺，對著我們大聲按喇叭示好，事實上，肩上的背包實在沉重，我們必須時時沿途休憩。蘭陽平原的地理風貌十分平坦合宜，不像高山陡坡難行，但肩上的大背包讓我們疲憊不堪，實在沒有辦法繼續走下去。這個經驗也讓我學習到，就算有再大的宏觀，也必須要量力而為，經由這個方式自我學習什麼叫做「量力而為」。

我們來到羅東高中。羅東高中的英文老師大約年齡二十六、七歲，相當有活力，在臉書上看到我們希望可以到學校進行英文外賣交換活動的訊息。在接洽過程中可以非常直接感受到老師對教學的熱忱，他不斷跟我們說，學生一直問什麼時候來？顯然他的喜悅已經傳遞給學生。當天我們走到校門口時，看到學生此起彼落發出的鼓譟聲，這個景象有點像走到夜市的地攤，看著玩具小精靈不斷冒出，十分有趣。在美國我的教學對象是高中生，因此，對於這次在羅東高中的交換經驗，能夠接觸到這麼多的高中生，對我來說是相當興奮與期待的，這是一場非常有趣的近距離接觸。

當然，Joel的存在，也讓這群高中生興奮不已，一八三公分高的身材，很容易就受到大家的矚目，甚至別班的同學們也跟著來湊熱鬧。一路上老師帶著我們參觀校園環境，伴隨著眾人的目光，讓我迫不及待進入教室，正式開始我們難能可貴的教學時間。

這場交換活動，我希望羅東高中的孩子們能夠將他們眼裡的羅東豐富地介紹給我們。Joel已經上網查到羅東資訊，包括羅東夜市。整個英文外賣的安排，這麼做是最為恰當的方式，學生一方努力盡地主之誼，而我這一方花比較多的時間在所謂領導者的訓練和發展上。

英文課不是只有一問一答而已

二十幾年前我所受的師範教育，教授要求我們不能花費整堂課的時間在講台上「從頭講到尾」。如果我們「從頭講到尾」絕對畢不了業，所以我必須想盡辦法不讓我的課堂教學從頭到尾自導自演，我必須讓我的學生們彼此學習，或者自己研讀，或者分組討論，或者團體分享。藉著指導其中一名學生來教導另一群學生，進而做到知識的分享。每組有每組的組長，每個人都有不同的角色扮演。因為教授的一句話，讓我必須對教學的安排與管理做調整、改變、研究和試驗。

授課的方式存在多元的樣貌，身為一個老師，我要怎麼去傳遞這個知識？我的聲音可以傳達到多遠？我的身體可以走在教室哪裡？我可以站、可以坐、可以蹲。就像是一個演員，除了在背誦劇本外，還要練習台步，每個台步牽引著觀眾的目光，跟隨你的表演到不同的地方，燈光照著不同的地方，也照著一個指引的方向。我的聲音、我的身影，以及我的手勢，在在吸引學生的關注，他們仔細看我在傳遞什麼樣的訊息，我也藉此在仔細觀察學生接受什麼樣的訊息。

這趟羅東高中的交換活動，主要目的是體現「領導者的訓練或團隊合作」，在團隊中接受大家不同的意見和聲音。我們以為溝通的管道與技術只有一問一答的古板形式，人們對於問題的直覺反應，通常會變成問題的標準答案，所以會把這個標準答案變成固定答案，使答案永遠只會有一個答覆。因此，我刻意讓這樣古板的教學型態不存在，跳脫英文課只有一問一答的方式，我要營造一個環境，讓學生們不會回到過去籠統的學習過程。

英文外賣
TAIWAN
台灣筆記

2013
April

挑戰自主學習力

打破原來的既定觀念，看法的改變，是養成領導者重要的訓練環節，也別於過去，以井底之蛙的心態看待世界。

當我帶領學生做一些他們平常不做的事情時，我的收穫是可以回收到他們驚奇的反應，而對他們來說，這個經驗就像是在教室裡觀光一般。過去在美國，我常會邀請小博物館的管理員到各個不同學校介紹他們的館藏，博物館會有一些館藏示範品可以帶出館場，並且針對他們館藏示範品進行所謂的教育性活動。這就像是在教室裡面蓋了一棟博物館，請博物館的解說員來到教室，帶來許多不同的示範與教學模型。

我以這類心態來設計課程。

所以背包裡盡是一些奇特的教學道具。有時候你不知道面對學生時，他們整體特質是什麼，因此必須要準備一些道具來協助發揮。如同一場魔術秀一般，讓學生們迎接一場奇幻旅程，開啟他們的想像空間，同時開發他們的想像力。因此，整個課程裡頭我使用了許多不同的生活物品，藉由「給予」讓課程內容更加活躍彈性，給他們新的事物意義，給予更多奇異的物品，更多新穎的用法，給予不同的挑戰，讓學生們告訴我如何賦予舊事物新意義，或者舊事物新用法。

An educated guess 有根據的猜測，這個詞用在領導者訓練上，透過參考自己過去的經驗，再以蒐集的資料為根據，作為「猜」的元素，營造自主學習動力的重要元素之一。

課程開始我先問學生，講英文的國家有哪些？

英文為外語的人口（population）？

世界人口有基本英文能力的人口比例（percentage）？

英語為母語或通用語的國家（countries）？

接著我寫了很多數字在黑板上，讓學生猜。我藉文字給他們提示，協助他們連結到正確的答案。

學生對全球有七十五個通用英文的國家很驚訝。通常只要我詢問以英文為母語及通用語的國家有哪些，第一個答案永遠是美國。但接著我再問，講英文的國家有幾個？

學生們便會在這麼多的數字裡面去猜一個。當他們猜對的時候，我會繼續反問，可不可以講十個以英文為母語的國家？一開始學生會露出這有什麼難的表情，後來發現他們講了五個國家之後就接不下去了……

我們都知道標準答案一定是從美國、英國、加拿大、紐西蘭、澳洲開始，但這次出現了新加坡這個答案。原來，新加坡也開始出現在台灣教育市場裡頭競爭了，所以在我所到之處，相關問題的答覆都會提到新加坡。在我看來這是一個好的現象，在亞洲地區，不同國家的亞洲人講著英文，有別於過去只有白人講英文的刻板印象。在這個過程，你可以看見學生開始自我挑戰，打破原來的既定觀念，打破以英文為母語的國家不見得只有白人，以英文為母語的種族也不是只有膚色相近的族群。這個看法的改變，便是養成領導者重要的訓練環節，也就是有別於過去，以井底之蛙的心態看待世界，領導者必須去營造一個深且廣的世界觀。

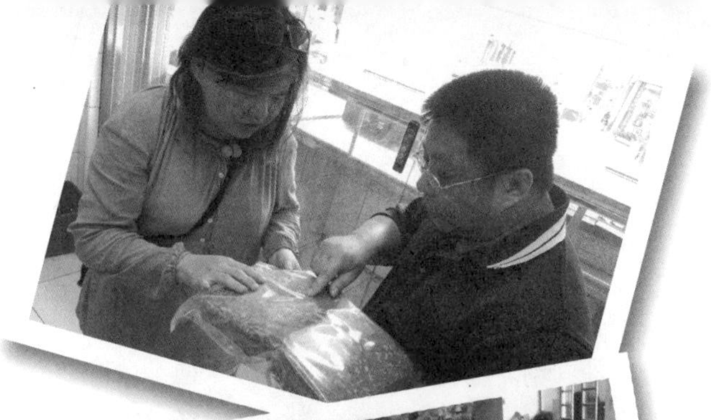

英文外賣
TAIWAN
台灣筆記

2013
April

專業與專業的交換

所謂的台灣觀念，軟硬實力不斷互相摩擦，使兩者在這個過程裡可以配合得越來越好，這就是所謂的巧實力。

財金商業創業素養，是知道如何做好本身的財務規劃，認識經濟的角色，有效地運用創業的技能，提高工作的生產力和職業的選擇。

這次的外賣對象是一家位於礁溪賣肉鬆、肉餅的肉鋪店，歷史傳承已有三個世代。

透過在美國台灣同鄉會前任會長的安排，讓台灣的學生與我們有一些近距離的接觸。在礁溪肉鋪店的老闆義不容辭馬上安排宜蘭高中作為這次活動的對象，交換條件是肉鋪老闆的祖傳祕方，以及新口味肉類產品的製造過程。

對我而言，這是一個千金難買的寶貴經驗，因為老闆以他的專業和我的專業做交換。同時，他交換的事物並不是直接回饋在他身上，反而是宜蘭高中的學子，只因為他希望宜蘭的孩子能夠透過這樣的「交換」，讓學生有機會了解外面的世界，產生不同的觀點。

在肉鋪店，老闆很仔細地一步一步告訴我們每樣肉類產品的製作環節和特點，並且一再強調部分機器是他們自己徒手創作發明的。因為他發現製作肉品的過程中，肉鬆風乾得不是很均勻，但是將一大桶肉鬆拿去烘乾，似乎也沒有辦法很精確地把烘乾好的肉鬆分出來，全部的肉鬆必須要在同一時間一起烘乾。所以，他們設計了一個捲筒，像混水泥一般的機器，克服了烘乾肉鬆的問題。

自找麻煩，也幫別人找麻煩

在我的印象裡，台灣創造及發明的能力運用得非常廣泛，創造發明的初衷都是一樣，目的都在解決問題，而發現問題的來源出自於「自找麻煩」。我覺得這個肉鋪店老闆就是個會「自找麻煩」的人，他的「自找麻煩」讓他的肉鋪在專業領域不斷創新，同時他把這個「自找麻煩」的精神分享給其他人。他也聯絡宜蘭高中任教的同學一起來解決問題，他不僅幫自己找麻煩，也幫別人找麻煩。

我發現這個「自找麻煩」的老闆讓我找

到了一個跟台灣學子溝通的方式。從日常生活裡面，發掘原有的傳統產業、家傳事業，以及原創技術等這些所謂在地性的事物（我想不能用「傳統」來稱呼）；當一個在地化的產業物品，經過時間的淬鍊發酵後，也能夠成為我們所謂的「傳統」。創新經過一段時間的蛻變，也可以變成我們的「傳統」，這個發明經過一段時間的歷練，將會變成代表我們自己的「標誌」。

在國外有許多肉類製品及肉類食品，這些食品要出口國外市場，是有相當的難度。國外稱呼牛肉乾叫 Beef Jerky，或者另外有豬肉皮製品，炸得酥酥脆脆的，當作點心零食來享用，尤其配上一杯冰鎮啤酒，更是一大享受。台灣的肉類食品可以打入國際市場，因為這是我們自己相當重要的飲食文化特色之一，絕對可以享譽全球。這個「自找麻煩」的老闆，我相信他很積極地找出管道，可以讓他的肉鋪事業在國際間找到一個位置。

整個英文外賣交換活動中，跟肉鋪老闆的交換受益最多，他讓我們交換的效益產生最大效果，他讓我看到他的行動力正影響著他人效法。因此，我對蘭陽平原的這個交換經驗，使我深切地感受到台灣有很多人保有良好的硬實力。而軟實力就是我們不斷學習的態度，讓我們改變固有的型態，並且進一步塑造自己所謂的台灣觀念。軟硬實力不斷的相互摩擦，使兩者在這個過程裡頭可以配合得越來越好，這就是所謂的巧實力，讓該用的東西、擁有的東西在不同的時間組合發揮最大的效果。

2013 April

如何讓孩子開口說英文

把英文當成是一種工具，或者是代表競爭力的一個象徵，學習英文就會是一種壓力。「競爭」這兩個字就會讓英文學習變黯淡。

過去十年，我曾在美國的幾所小學擔任義工，其中一份工作是針對學生進行所謂的課後輔導，主要的工作內容是家長下班之後，讓家長參與學習，共同協助孩子完成學程規劃。在美國其實有很多家長本身就有讀寫的困難，尤其是新移民。當父母親本身的知識水平在一個富裕文明的國家裡面是低下層時，孩子們的學習同樣會呈現類似的困境。因此，許多國家都有所謂的義務教育，尤其是聯合國的教育單位及教科文組織等等，積極推動掃除文盲的活動和政策，並且協助位處於偏遠的地區及社會經濟條件貧瘠的國家，給予孩童最基本的教育資源。

到花蓮的前一天早上，在宜蘭與一群媽媽家長們做了簡單的交流，一個小時的交流活動裡，大部分媽媽們所提出的問題都集中在「台灣的教育以考試為重，台灣人的英文能力表現在讀寫為主」上。

這些媽媽的小孩年齡約五、六歲以下，她們十分擔心孩子們的英文語言發展，所以在談話過程裡，媽媽們不斷提問如何讓孩子開口說英文。

美國及加拿大等地都提倡所謂的Family Literacy，意思是指基本教育的扎根要從家庭開始。過去我在紐約的課堂上，遇見了已經畢業當母親的學生們，同樣地，她們也面臨到怎麼樣在家裡協助孩子複習課業的問題，並且擔心當孩子面臨學習困難時，如何和校方溝通。這群媽媽們所提出的教育學習問題，與我在紐約所看到父母教育程度低下而無法負擔起教育子女學習的問題，是有相當大的不同。

有終身學習的父母，才有終身學習的下一代

學習本身是循序漸進的終身事業，在家庭裡如何把家長教育成一個主動積極的終身學習者是非常重要的，家長本身是子女重要的學習典範，更是家庭教育及學習成長的一環。當家長採取主動積極學習的態度時，子女便能夠效法學習，並且學習基本的生活、

閱讀及數學等能力。

就提升英文語言能力來看，家長本身對於英文的舒適度及使用英文的相對信心，也會直接影響子女對於學習英文的態度。如果英文及會話是落實在家庭及生活的各個領域，自然而然，無論是家長或者是孩童對於所謂的「英文」便感受良好，成為一種習慣。相反地，如果把英文當成是一種工具，或者是代表競爭力的一個象徵，學習英文就會是一種壓力，「競爭」這兩個字就會讓英文學習變黯淡。在和媽媽們的談話裡，從中著實感受到她們對於孩子的未來生涯規劃及成長有很大的要求。

當我們決定離開宜蘭前往花蓮時，其中一位媽媽主動關心我們後續旅途的安排，加上另外一位媽媽的積極協助，短短五分鐘之內，她就幫我們找到在花蓮可以免費居住的場所，並且安排專車接送，使我們到花蓮的過程十分順遂。感謝這位精幹的媽媽用她的電話，妥善地幫我們安排居住事宜，真的十分感激她。

到花蓮的路上我和Joel討論我們在宜蘭與媽媽們的交流經驗，Joel觀察台灣這群媽媽們之後，發現台灣的家長對於孩子的教育非常的謹慎和嚴苛。同時我也發現，台灣參加英文檢定測驗的年齡層逐漸下降，過去的年代，參加英文檢定測驗通常是高中生或大學生，基於被要求提出英文能力證明，高中生或者是大學生會積極主動參與英文檢定測驗。但現在台灣參加英文檢定測驗的年齡層已經下降至四到七歲，這樣的現象不是學校所造成的，我認為是基於家長一種急迫的心態，促使這樣奇特的現象發生。

你的起跑點可以在任何一點，而且隨時可以開始

過去我們常聽到這句話「不要讓我們的孩子輸在起跑點上」，所以在我們既有的觀念裡面，從零歲開始就要讓孩子拚命學習，但起跑點是否真的從零歲開始呢？

學習本身是可以起跑在任何一個人生階段的，起跑的方式也可以很有彈性地變換，起跑的路線更可以很有意思地規劃。每個人都有著不同的學習方法，每個人的學習特質不盡然需要用這麼強烈的意識形態來表達對於學習的迫切性，重點在於學習過程。學習是終身事業，每天都不會停，每天都有一個新的開始，每天都有新的可能。

Joel 慶幸自己不是在台灣出生，需要被這樣的一個制式且充滿壓力的學習環境壓抑。過去因為他的父母親長期不在身邊，他花了很多時間在了解生活與生命目標，有很多的空間去發現自己，規劃自己每天要做的事情。除了進學校完成義務教育之外，他也花了一些時間學習繪畫寫生，所以 Joel 很小就開始學習如何對自己的生活做出規劃，而不是讓他人幫他做規劃。Joel 對於生活的學習和領悟，是出於主動而不是被動的。

我本身對於考試這件事的印象是非常令人緊張，不舒服的。如同溜冰選手在考試一般，過度緊張以至於在考試階段容易出現平

常不曾發生的失誤。同樣地，當我們的孩子在這麼小的階段就必須要面對考試的壓力，並且將考試認定為競爭力的一部分，我們實在是沒有辦法去責怪孩子，也不能漠視孩子對學習英文的恐懼。

孩子沒有英文聽說讀寫的能力，是因為這個環境裡面造成他們的學習呈現中空狀態，家長讓孩子們在補習班裡學習背誦英文，但不在家中活用練習，英文的學習和生活是相當脫節的。在這種中空的學習環境裡，很難真正學習英文這個語言，也很難把這個語言連結到國際，甚至是未來的工作領域。

我認為台灣這種瘋狂參與英文檢定測驗的現象是不實際的，一定要用一個成績或者一張紙來證明你的能力嗎？一定要用一個成績或者一張紙來證明這個成績是有效果的嗎？在我看來，在台灣學習英文反而是一件很勞心、勞力、費神及很花費金錢的學習經驗。

英文外賣
TAIWAN
台灣筆記

2013
April

冒出很多英文氣泡的花東線

在東台灣凝濕的空氣裡，語言學習的話匣子隨著搖晃的泡沫，一開不可收拾。從互動的過程，她是一位囤積很多好奇問題的學習者。

我們從鳳林上了火車，車廂裡沒有其他的乘客，只有一位站務人員，好像在偵測發生了什麼事，當我一走近時她開口問我：

You go to where?

Tai-tung，我回答。

從工作人員的眼神和主動詢問的動作，依我的經驗判斷，她是一個主動出擊的人，如果直接回答中文，可能會剝奪了對方練習英文的機會。

她又說：「No go!」用手頻頻往後指，

感覺她急切地想要表達很多事，忍不住問了我：妳會講中文嗎？知道我會說中文，她鬆了一口氣。其實她很想用英文告訴我不用往後走，因為這班列車很空，有座位都可以坐，可是卻又不知道怎麼說……

她示意讓我們就座，在放下行李後，這位主動的學習者一個接一個地發問英文問題。

「所以剛剛要問的那句話，用英文應該怎麼講？」「那樣說對嗎？」「有照文法規則嗎？」好像車廂裡充滿了她的疑問，她醞釀已久的好奇，就像搖晃後的汽水，她的問題像氣泡一樣不停地冒出來。

這個想要協助我們的站務人員化身成對英文學習好奇的汽水學生。

You go to where?

就溝通本身是有效果的，因為我了解她的提問，也了解她在問我，妳要去哪兒？

這就是滿分的洋涇濱。

洋涇濱英語，在溝通時語言之間沒有共同點，所簡化出的字語，加上聲音或肢體語言，很隨機地溝通以達到共識。我想她使用了本來就熟悉的單字，不熟悉的是組裝成句，我想我該跟她分享如何使用句子的結構，她想要解決「不知道」的意圖，就是想說滿分的英文而不是滿分的洋涇濱。

我告訴她應該說，Where are you going?

冒泡的汽水學生不加思索反問我，以前就學過加ing，但是為何要用在這裡？在教室裡，學生往往被時態的公式套牢了，忘記了所有的時態都是繞著時間轉。每次提及時態我都畫一只錶來說明，我問了她，我們在哪裡？為什麼在這裡？答案就是火車。

「對！我們在一輛正在動的火車上，火車會把我們帶到目的地，所以我們的每一個腳步，都是要去一個目的地，這是一個狀態，就是進行式。

「因為在火車上正要前往某個地方，是處在現在進行式，那就表示可以加ing，所以必須說，Where are you going? 在中文裡沒有這樣的區別，但是英文裡有，就是我們用時態用來表示一個情境，刻劃出這個人的意圖或行動的方向。」

我讓她感受到文法的情境以及應該如何使用。

現在進行式原來是要這樣用。冒泡汽水小姐恍然大悟。

她繼續追問，因為中文沒有，但她該怎麼記得用？

如果要記得用，就是把時間指出來，只要你在的當下就是ing的開始。

我開始讓她練習。

train（火車），We（我們）

This train is going to Tai-tung.

We are talking.

汽水學生回答得越來越

有信心，自己還找了其他的問題來考自己。

我們打開一瓶汽水，汽水跟空氣接觸後會產生大量的氣泡，這是普先生很早以前的發明，而因為他的好奇心，開啟了我們的學習觀。

在花東線，一班晃動的自強號上，我們打開了一瓶灌滿英文氣泡的汽水，隨著火車的晃動，在東台灣凝濕的空氣裡，語言學習的話匣子隨著搖晃的泡沫，一開不可收拾。或許是因為汽水學生一直在移動的火車上工作，從互動的過程，可以感覺她是個反應靈敏的人，在短短的時間內就整理出很多想問的問題，是一位囤積很多好奇問題的學習者。

汽水學生繼續問：「為什麼妳不是說台東station？」

「因為我們要去台東，所以才搭火車，並不是要去台東火車站。」

「但是在台北的捷運和台鐵列車上，到每一站都會重複播放著：XXstation, next is XXstation，害得我講每個地點都一直提醒自己不要忘了station。」

「所以這是脫褲子放屁。原來聽了那麼久的station都是多餘的，但是既然政府官方的用法都是這樣，那就應該不會有錯。」

汽水小姐心裡常這樣想，同時Joel也問過我同樣的問題。這就像對著太陽點蠟燭（Hold a candle to the sun），不但多此一舉還讓事情更複雜。

為什麼每一站都要重複用到station？

在國外通常只會廣播站名或地名，並不會刻意加上這是什麼「站」，這就是英文的使用習慣。國外有些地方在播報站名時會加上station，有些則不會，兩者都可以通用，嚴格說起來並沒有錯。只是台灣在各大運輸工具上，每個站名都加station的一貫用法，不僅有些多餘，也讓一般人直覺認為好像都要加station才是正確的。

「還有當我看見你們找位子，我要如何指引你們座位在哪裡？」汽水學生問題不斷。

「在車票上，同時用中英文標明車廂和座位，車廂是cart，座位是seat，知道這兩個單字，就可以用英文告訴乘客是哪個cart，哪個seat，也可以清楚地引導客人入座。譬如說cart 5，seat 21就表示第五車廂，第二十一個位子。」

我向她說明，同時拿出了車票，馬上考考她！

現在進行式與未來進行式

汽水學生在列車上常遇到國外的旅客，有時候要告知旅客車票上的位子或是如何轉車，但是英文總是說得不太輪轉。有一次遇到國外

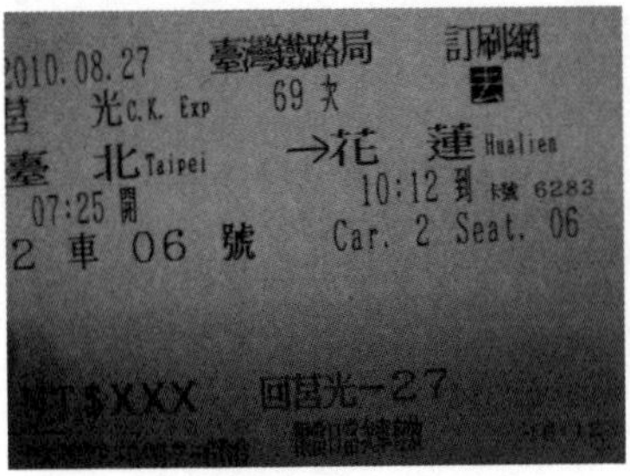

客人搭火車要前往花蓮，中間需要轉車，她把幾乎所有可以想到的英文都拿出來用了，雖然講得不是很順暢，總算讓對方聽懂了，同事在旁邊一直誇她好厲害。

學習語言的過程有所謂的Silent Period沉默期，時間從幾個星期到一年都有可能，這段時間學習者會一直觀察，直到有一天他可以打破沉默，說出第一個字。在紐約的教室裡我縮短沉默期的方式就是用好奇心來推動，開口說英文不是專注在開口，而是建立在要問。學生會為了很想要知道的答案開口，同時好奇心的驅使也讓他們事先準備了需要知道的單字。

像這位汽水學生，要用的地名已經聽了幾百次，車票也看了無數張，她是有能力表達的，就是需要強有力的理由。一個人只要開口通常就表示他有學習的動機，因為開口的動力是學習的勇氣，是需要醞釀的，所以也讓我特別珍惜。在和陌生人接觸時會格外重視這個開口詢問的動作，並且盡量製造機會讓這個學習可以延續下去。希望讓每個勇敢跨出第一步的人都能有所收穫。

美國二十世紀的石油大亨J. Paul Getty曾經說過，當你在大公司工作，像坐在時速六十公里的火車上，你是跟火車一樣以時速六十公里前進，還是坐在原地不動，等著火車帶你前進？這名汽水學生，其實大可不必為我們解說，可是她卻積極主動地過來幫忙，她想學好英文，也希望可以教自己的孩子英文，讓他們有更好的工作機會。

離去時她面帶微笑地告訴我：「我要去協助列車長。」

感覺上是一位很好的部屬，很有向心力，不是只有坐在那裡，等著公司帶領的員工。

「教」是第二次的學習，我在教汽水學生的過程，對我而言，同時也是另一次的學習。因為她可以充分掌握自己的工作內容，讓我感覺這段交換是在解決她每天會遇到的問題，每一個問題都很明確，而且是一個接著一個，彷彿有很多是在心裡放了很久卻找不到人問的問題。在學習英文時，教文法是一件很有挑戰的事，因為通常這是語言學習最無聊的部分，可是在不同情境中感受了解時，它就變成一件有趣的事。這個火車上的交換經驗，讓我覺得自己也正在以六十公里的時速全速前進。

英文外賣
TAIWAN
台灣筆記

2013
April

為人生加分，就要先做準備

「效率」是為了達到目的，提高工作效能的一個歷程，不管在什麼情況下，妥善地準備，能為我們的人生加分。

「十跟九之間的規則」理論是，如果你在計畫任何事情裡面多花一分鐘，在每個執行過程中就可以少花十分鐘。也就是說，當你事前提出準備，就能夠做出完善的計畫和策略。因此，當你能預先做十～十二分鐘的計畫時，你便可以節省兩個小時的時間來完成你所要執行的任務。

這讓我想起過去的教學經驗，其中一堂課我教學生「如何做筆記」，我們所採用的是「Cornell 筆記法」（康乃爾筆記法），其實就是把一張紙分成三個區塊，最大一個區塊記錄「當下正在進行的事情」，旁邊第二個區塊記錄「課程或經驗結束之後，你還需要注意的事項有哪些？」例如課程主要表達的內容有哪些？哪些觀點會有相牴觸的邏輯與看法？下面最後的區塊就是記錄「複習」，即當你上完這堂課，你的總結是什麼？這個筆記法是個可以幫助記憶並且抓出課程重點，讓人事半功倍的筆記法。

每一頁筆記都在為下一堂課做準備，同時也在幫助個人思索課堂經驗所帶給個人主要的學習意涵是什麼，簡短的一頁筆記本，也正在幫助個人整理每個階段的目標，為下一個階段目標做準備。

課堂可以讓我們學習「整理」，可以對我們「傳遞」，利用眼、耳、嘴及腦等感官來體會，從中思索擬定規劃，練習一步一腳印地計畫每一個階段和步驟，開啟「學習」的章節。學習是終身事業，如同積木慢慢向上堆疊，時刻都在累積知識的寶藏。

事半功倍的筆記效果，用途廣泛，小自課堂作業，大至工作及會議，都是在練就組織架構的能力。組織架構的重要性也是訓練領導者的重要一個環節之一。

我們預定在花蓮居住的民宿老闆，我們叫她陳姐，是一位非常幹練有效率的女性，與我們確認火車時刻表的時間後，便在預定的時間點接送我們。

第一次看到陳姐時，她的大方和精幹形象令我印象深刻，當她到車站迎接我們之後，便立即告訴我們今天的行程與計畫，談話過程中我們開始提到這次交換活動的內容、動機和項目。在陳姐的身上，我看到一位快七十歲的退休阿嬤，處理事情既不囉唆也不浪費時間，包包裡有iPad3C電子產品，偶爾也會上臉書和LINE，這和我們既定的刻板印象有很大的落差。要說一個跟得上時代的終身學習者，她絕對符合這樣的條件，隨時準備好器具去完成她想要做的事情，令我很震撼。

在花蓮短短的兩天行程，我和Joel都覺得很有收穫，不僅造訪太魯閣，也和陳姐的兒子做了語言知識的交換活動。同時還帶我們到東華大學參觀，一路上讓我們倍感溫馨，從她身上更讓我看到生命力的展現。陳姐退休後是她另一個人生的開始，除了擔任保母，她也充實地規劃自己的退休生活。

「效率」不僅用在工作，也適用在人生的生涯規劃上。「效率」是為了達到目的，提高工作效能的一個歷程，不管在什麼情況下，妥善地準備，能為我們的人生加分。就像是在撰寫個人履歷表，個人的簡介，有什麼樣的事蹟、計畫及里程碑可以為這張個人履歷添加不一樣的風采。就如同「十跟九之間的規則」理論，花時間準備可以達到事半功倍的效果，同時，也讓我們多出更多的時間為我們不同的人生階段進行更多的計畫。

進行式的好奇心

所謂財金商業創業素養，是知道如何做

好本身的財務規劃，認識經濟的角色，有效的運用創業的技能，提高工作的生產力和職業的選擇。

環境素養是針對空氣、土地、糧食、氣候、能源、水資源和生態系統，獲取對環境的認識，還有影響它們的條件，認識及了解社會對自然界的影響，例如人口增長、人口發展、資源消耗等。調查及分析環境問題並提出準確有效的解決方案，採取個人和集體行動以解決環境的挑戰。

我在紐約的教學項目也包括：science（科學）。

這個學科囊括基礎物理、化學、地球科學，常常要絞盡腦汁找出有意思的內容，通常跟生活越有關係的內容，學生越有共鳴。

有一天熱浪襲擊紐約，教室裡的學生猛打瞌睡。當我必須跟大環境與學習士氣拔河時，我會藉由歷史人物的力量，以他們成功的特質，與學生分享，激發學習動能。那天懶洋洋的午後，十八世紀的英國教育家普斯利特里先生（Joseph Priestley）現身教室，透過這位博學的發明先生，學生從他身上發現了「好奇心」。

普利斯特里先生的一生，投身於宗教、科學、政治及教育。

他認為：「人的心靈永遠不能貧瘠。我們經驗生命的歷程裡，不斷更新的想法，或舊概念的痕跡，只讓我們對自己這些想法印象更深刻。」他涉獵多元領域，無時無刻充滿求知動力，或用新的想法看舊的軌跡，而學生的英文學習也是如此，化學、數學，各學科裡都有可以累積語言經驗的深度跟廣度。

我買了一瓶汽水，當學生在分享冒著氣泡的汽水時，我簡單介紹了普利斯特里先生出場。有天他隨意地放了一碗水在釀酒廠的啤酒大桶上，在那兒發現了從桶裡溢出的二氧化碳跟那碗水混和後的口感很新鮮，爾後花了一年的時間研發出了自製汽水的方法，寫了一篇將近五千字的文章，教大家如何自製汽水。普先生的好奇心，驅使他發現如何「發現空氣」的方法，進而找出了 N_2O（笑氣），CO（一氧化碳），SO_2（二氧化硫），O_2（氧氣）等更多看不到的氣體。

為自己開一堂「好奇心」的課

我也將學生熟悉的英文字母，透過普利斯特里先生的發明，連結到化學的領域。

普先生對知識的好奇，把許多的未知一個一個揪出來，「不知道」是發現的動力，把學習的印象分享出去，將內容實踐，創造就開始發生。好奇心是為他自己開的課，普先生演講，出書，找志同道合的人合作與學習，由此他有能力設立他自己的實驗室，自給自足成家立業，這些都是我的學生努力要達到的目標。

學生注意到，他發現的東西不需要飄洋過海尋找，就在自己身邊，這是個無本生意。學生的結論是他很聰明，運氣好，學生都認為他一定有美滿幸福的家庭，有很好的教育，所以他可以有成就。

我反問學生對知識的好奇，只會發生在條件好的人身上嗎？

我記得後座的 Andres 舉手說：不是絕對的，但是不需要負擔家計的人，比較有閒暇想東想西。

而前座的 Joyce 轉過頭挑戰地說：愛亂想的人，是一個習慣，跟有沒有錢無關吧？

我藉機說明，其實普先生的母親在他七歲時就過世了，他從小身體就不好，很小就休學了，他對知識是飢渴的，到處拜師學藝。他對氣體的好奇有很多人不以為意，他花了幾十年，用實驗來證明他的論點。

在教室裡的學生，有些家裡經濟條件不好，有些不美滿，有些沒有機會上學，很多都覺得學習不如人，大家少了耐心，只想要知道重點，只想要跟著潮流走……

新世紀的移民在紐約教室的學習心態，與這次在台灣行程中碰到的學生有些相似之處，最常見到的是直接問我們會不會說中文，直接請我當翻譯。他們直接以需要取代好奇，省略了分享，直接用複習習題來替代，把「不知道」當作答案來回答，而不是為學習起個頭。所以，我希望由普利斯特里先生起頭，交棒給我，好好把學生一個個搖一搖，讓他們搖身一變，成為一罐罐蓄勢待發冒泡的好奇汽水。

在教室裡會用評量表，讓學生有內省的時間。看看自己有多好奇？

好奇心評量表
依照你對自己的了解，請選擇最適合的答案。 沒有對或錯的標準答案。
_____ 1. 面對陌生的情況下，我會積極蒐集多方的相關信息。
_____ 2. 當我參加活動時，我很積極參與，常常會因爲忘我以致忘了時間。
_____ 3. 我經常尋找新的成長機會。
_____ 4. 我是個不會對新的事物追根究柢的人。
_____ 5. 對於感興趣的東西，我不容易分心。
_____ 6. 我的朋友認爲我是有好奇心的？
_____ 7. 無論我走到哪裡，我都能找到新奇的事物及經驗。
＊評量程度：用 1-5 來自我評分 1 ＝不是，這不是我 2 ＝有想過但是不需要 3 ＝有想過但是不會做 4 ＝會告訴自己要執行，但很容易半途而廢 5 ＝高度行動身體力行

英文外賣
TAIWAN
台灣筆記

2013
April

沒有終點的學習

走進未來的每一個人，包括我自己已經從學校畢業的人，在這個時代，我要如何從中來準備我自己？

美國的勵志講師Denis Waitley說：

「成功的要件不是取決於天才的出身、高智商或與生俱來的天賦，決定成功的是態度。」

回到台灣，在我居住的台灣東北角，巧遇從南太平洋嫁到台灣的Nancy，她從正在念高中的大女兒所碰到的瓶頸與障礙，試著找出一個合適的方法來改善孩子的學習狀況。在台灣的教育中往往以成績取向來決定個人是否適合繼續念書，這樣的標準讓她更擔心孩子因為成績在學校遭到霸凌。

很多父母希望能夠參與孩子的學習，協助孩子克服在學習上所面臨的困難；但更多家長，對於孩子面臨成績不好的因應方式就是不斷送進補習班，或找家教來補強課業上的弱勢，數學不好就補數學，英文不好就補英文，到最後成績可能有改善，但如果學習態度沒有改變或解決問題的癥結，成績進步也可能只是短暫的。

當孩子成績不好，家長往往忽略了這個成績到底表示了什麼？孩子不會考試嗎？還是聽不懂上課內容？孩子懶散嗎？或者不了解題目與答案之間的關係？

我記得高中時，有個男同學坐在教室後面，他常向我借筆記，有一次我發現他上課時常常「擠眉弄眼」，後來我才知道他筆記做得不清楚，不是因為懶散也不是因為動作慢，而是視力問題。幾天後他戴著眼鏡來上課，問題就獲得改善了。提起這件事只是想說明成績不好，只是一個結果，但過程是什麼，很多老師並不會去尋求。

我並不是一個所有學科都會教的老師，其他老師也是。因此，國中高中才有所謂分科類別教學，例如：科學、數學、化學等等。過去我會與不同學科的老師進行小組會議，針對每個孩子的個案做不同的學習評估和學習策略，當中也有家長會一同參加。

很多學生把老師當作百分之百知識學習的依靠，甚至百分之兩百的信任。身為一個老師對我來說，這不是壓力，而是一份動力，這個動力讓我保持百分之一百的教學水準。

在我暫居的小社區，有來自加拿大的餐廳老闆，也有土耳其人，英國來的動物保護者，開家具行的澳洲人，從中國回台灣的室內設計師等，簡直就是一個小型的國際村。小文，剛從大學畢業，在此地的餐廳打工，她說自己英文不太好，英文能力的落差讓她與加拿大老闆出現溝通障礙，原本只要花五分鐘溝通的工作流程需要用二十分鐘才能完成。學市場行銷的小文，雖然在校英文成績不好，但我發現其實她的英文是夠用的。

在二十一世紀準備要發展的孩子，沒有辦法從學習經驗連結到未來的工作方向，並且從所生存的環境裡培養出觀察力。對小文來說這份工作只是打工的性質，沒有辦法從打工的角度找出與未來工作的關連，也沒有去思考嘗試如何加強目前的工作技術，以便在其他工作場域繼續使用。她唯一看到的是自己的英文能力需要加強，卻又沒有花費時間去加強英文能力，也沒有學習嘗試投資自己。

走進未來的每一個人，包括我自己已經從學校畢業的人，在這個時代，我要如何從中來準備我自己？這一段關於台灣的英文外賣筆記，還在進行中，只要我在這裡的一天，台灣英文外賣筆記不會結束。每天每天都會有不同的情況發生，而每天每天的挑戰都是進行式。

Titan 065

環遊世界的英語課

從紐約出發到台灣的英文外賣走透透

楊筱薇／口述著作　**蔡鳳儀**／撰文

出版者：大田出版有限公司　台北市 10445 中山北路二段 26 巷 2 號 2 樓
E-mail：titan3@ms22.hinet.net　**http**：//www.titan3.com.tw
編輯部專線：（02）25621383　**傳真**：（02）25818761

如果您對本書或本出版公司有任何意見，歡迎來電

總編輯：莊培園
副總編輯：蔡鳳儀　**執行編輯**：陳顗如
行銷企劃：張家綺／高欣妤　**校對**：黃薇霓／陳佩伶
封面／內文美術設計：賴維明　**英文作業設計協力**：王志峯／王妍樺

印刷：上好印刷股份有限公司（04）23150280
初版：二〇一四年（民 103）七月三十日　**定價**：330 元
國際書碼：978-986-179-302-3　CIP：805.1/102012521

筱薇小記

正在打理開啟下個旅程的背包，包裡有父母愛的能量，孟儒無上限的支持，學生們的期待，小涵，虫虫，三芝，紐約及英國鄉親和這本書的編輯群們的叮嚀，當然還有迎接學習邂逅的忐忑，準備上路。

接下來歡迎挑戰!!

【獨家附贈　楊筱薇老師創意英文作業】

筱薇老師
用作業玩英文

英文外賣到你家，以單字、創意學習法，
讓你愛上學英文！

姓名：

開始學習日期：

《用冰山解析英文學習》

「冰山的一角」(tip of the iceberg)這詞是在學生時代認識的，當時，感受到那露出來的角，是小得那麼微不足道，之後卻在套用冰山哲學的學科中發現，水平線下肉眼看不到的冰山，其實充滿令人震撼的潛力。這樣潛伏的存在，到底有多大的影響力？

《老人與海》的作家海明威，他把冰山理論運用在文章上，透過文字的簡單描述，引出隱藏在字面下的深刻含義及無限想像。我的課堂上，常使用失物招領的廣告當例子。例如，遺失手機的人刊登廣告尋找失物，我們能從刊登出的文字推斷，失去的人，是心急昂貴的手機，還是不捨珍惜的照片，從短短的幾個字，讀者的想像力是可以無限延伸的。

精神分析學家佛洛伊德，用意識和潛意識來區分人性的精神面，理智的展現是指冰山露出來的一小角，或表現出來的行為、說出來的話，又或是挑選的衣服，潛藏在意識行為之下的冰山，是感受、感覺這潛意識的存在，影響著顯露出來的行為。

將學習過程放在冰山模式中檢視，你所知道的、了解的或專長的顯露在外，隱藏在水面下的是學習者的個人價值觀、自我意識、個性，自發性以及學習風格。了解每個人個性的差異性，也較容易體會學習的個別差異。

常聽到的多元智慧理論，除了分成語文、邏輯數學、空間、肢體動覺、音樂、人際、內省、自然觀察等八種智慧發展外，還要加上學習者的個人特質，對這些不同智慧的開

發。就像我國中同學文筆很好，但在眾人面前說話會怯場；我不擅長書寫，但是面對群眾可以侃侃而談。老師安排同學幫我寫演講稿，同時我們花很多時間練習。漸漸地，我對寫文章開始感興趣，同學在公開場所講話，也不再忐忑。我們要能製造機會，開發智能對自我學習的探索，開拓智慧潛力，涉獵不同的學習風格。

語言學習的項目我歸類了九項，除了聽、說、讀、寫、文法和字彙之外，也加入先前已有的知識，研究及練習，這些是屬於自發性學習的項目。我們需要關心的是，參與「學」與「習」過程的營造，當我們觀察自己的「學」就是在吸收知識，當我們「思考」學的過程和「評量」學習結果，就是在「習」。有了這個步驟，找出其他的方式或內容，透過分析了解，再體驗學習，這是創造力的培養。這個架構是培養21世紀「成為自己學習的主人」的藍圖。透過這些功課，讓任何學習都能掌握在自己手中，並建立屬於自己的學習風格，活用在你想要達到的目標路途中，你也可以打造自己的冰山！

筱薇老師叮嚀：

將學習過程放在冰山模式中檢視，你所知道的、了解的或專長的顯露在外，隱藏在水面下的是學習者的個人價值觀、自我意識、個性，自發性以及學習風格。了解每個人個性的差異性，也較容易體會學習的個別差異。

用英文做你想做的事

能力類別

玩英文名稱

對應的衡量標的

在各標的所佔比重

	21th Century leadership	language	multiple intelligences/ personality type
The circle, square and triangle	1, 4	E, G, H	I, VIII
過招邏輯	2, 3, 5	C, G, H	IV
紅綠燈閱讀	1, 5	A, B, C, D	VI
視覺文法	3, 4, 5, 6	C, D, E, G	I, VI
見字拆招	4, 6	E, G	IV, VII
知識加工	4, 5	C, G, H	V
Alike/ Unlike	1, 2, 3	D, G, H, I	VI, IV
Trivia	1, 2, 4	C, G, H	VII,
DIY	1, 2, 4	H	I, III
三隻小豬	3, 4, 6	C, D, E, G, H	V, I
豬眼看人	2, 3, 5, 6	C, E, H	I, VI

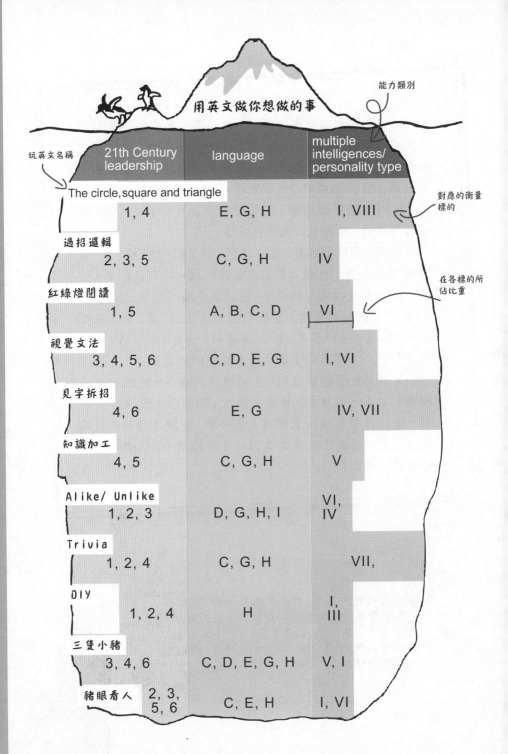

對照P.4和P.5的圖與表格，找到玩英文名稱後對照可以獲得的能力類別和衡量標的，便能用英文做你想做的事，發現你的潛力元素。

能力類別	21th Century leadership	language	multiple intelligences/ personality type
衡量標的	1. creating 2. evaluating 3. analyzing 4. applying 5. understanding 6. remembering	A. listening B. speaking C. reading D. writing E. vocabulary F. grammar G. practice H. prior knowledge I. research	I. picture smart II. music smart III. body smart IV. logic smart V. people smart VI. self smart VII. word smart VIII. nature smart

Chapter.1

《豬眼看人》

* Time required: 

* You will need: Choose pens, pencils or a few markers.

材料：筆、鉛筆或是色筆。選一即可！

Step 1: Draw a pig here

步驟一：在此畫隻豬

筱薇老師叮嚀：

學習風格與「厚臉皮」的人格特質

還是學生的時候，有個英文老師教導我們：「要把英文學好，就是要『臉皮厚』！」比起其他要學生跟著大聲唸課文的老師們，提供了不同的學習方向。但當時我只想著「臉皮厚」的英文要怎麼說，而不是思考「臉皮厚」會帶來什麼學習效果。

直到第一次迷路，必須厚著臉皮用生澀的英文問路，才體會到，厚臉皮意指「膽大」的學習。後來，在我經歷了多種教育訓練的培養，發現「膽大」其實是一種人格特質，也在與學生的對話中觀察到，個性外向的學習者，不會因為害羞而不敢說話，所以英文學得快！這也提醒了我，學習風格跟人格特質的共生的關係。

職場上曾用過「五大人格特質(Big Five Model)」評量人的性格，一般是指外向性(extraversion)、和善性(agreeableness)、嚴謹自律性(conscientiousness)、神經質(neuroticism)以及文化性(intellect/culture)五大構面。Costa and McCrae (1989)的五大人格分類提供的是對自我了解的建議，而非是對個人性格的論斷。像這類人格特質評量表很常見。但了解自己是怎樣的人跟學習有什麼關聯呢？

在我指導的班級中，個性外向的學生往往積極參與事務，更願意嘗試和冒險，他們不害怕犯錯，性格中有著自我主義色彩和過人的自信。善於主導，卻不擅長參與團隊。性格內向的學生也會參與校內事務，他們願意跟隨主導者嘗試和冒險，並需要被鼓勵或要求，通常這類學生很喜歡讀寫或是可以獨立作業的活動。有時我會特別把內外向的學生放在一起，讓他們互補長缺。

而班上個性和善但學習動力不足的學生，他們在執行老師交代的功課時，僅會做到可以交差的程度；自我要求高但不懂溝通的學生，常常對自己過分嚴格，且少了隨機應變的能力。我會試著給這些學生設定個別目標，用團隊完成的課程或活動安排，配合獨立作業的任務作為學習項目。

瞭解自己的性格特徵，接下來要做的就是，學習如何在自己不自在或陌生的情況下，找出適應不良的原因，並嘗試與自己相處，漸漸明白有些學不來的事物，並不是自己能力不足，可以換個腳本演練一下，面對不熟悉的新事物是不是可以訂出不同的學習策略。

你將會發現，自己正慢慢在打造想要的樣子以及希望的生活。

Step 2: Pig analysis if the pig is drawn

步驟二：分析你的小豬圖連連看

你的小豬特徵是...

1. Top
2. Bottom
3. Middle
4. Face left
5. face right
6. face forward
7. Lots of details
8. Few details
9. Four legs
10. Less or none legs
11. Big ears
12. Long tail

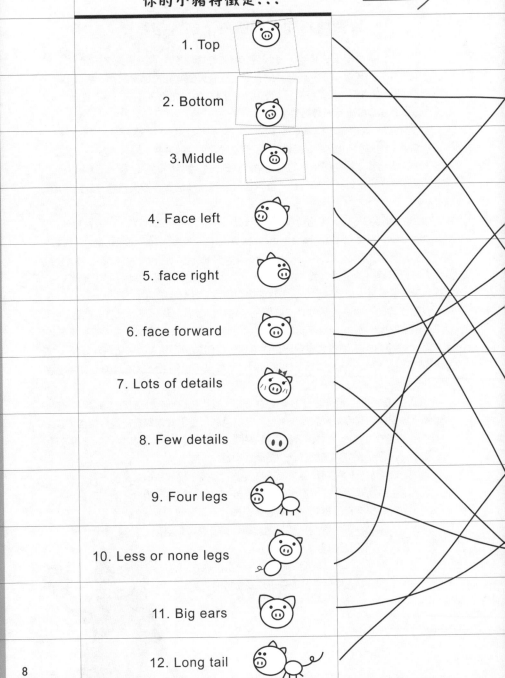

特徵代表的圖示是... ——> 圖示代表的意思是...

直接，勇於面對衝突
direct, straight forward, devil's advocate

好動，創新力，不善於記人名
innovative, active, lack of people memory

有安全感，固執
secure, stubborn

聰敏度（豬尾巴畫的越長，聰敏度越高）
your intelligence (the longer the tail is the smarter you are)

沒有安全感，處在動盪中
insecure, facing change

分析能力強，警慎，吹毛求疵的人
analytical, careful

勇於承擔風險的人
risk taker

務實
realistic

悲觀負面人格
pessimistic, negative

善於傾聽
a good listener

友善，外向，人際良好
friendly, outgoing, people person

樂觀進取
optimistic, positive

《三隻小豬》

三隻小豬在迪士尼的卡通裡，刻意創造不同的個性特質：Fifer豬擅長吹聲韻尖銳的Fife短笛，是隻懶惰的豬，他用稻草和乾草蓋房子。提琴手豬擅長拉小提琴，用樹枝蓋家，是隻性急的小豬。務實小豬有著嚴謹，認真踏實的特質。他認為應該先工作，再玩樂。他用他慎重態度建造的磚瓦房，從大野狼手裡，救了他的兄弟們。

三隻小豬學蓋房子的故事，由於他們的人格特質影響了處事態度，及危機處理的成熟度，這反應了學習者本身的人格特質跟學習風格的交錯影響。

Step1: Recall the story

步驟一：把你記得的故事大略地寫在這裡

筱薇老師叮嚀：

當我在英國小學教書，第一次要讓學生講故事時，就想到了三隻小豬的故事，仔細回想，我第一次讀到這則故事是在我小學時的童話讀物裡，幾十年後，我對三隻小豬的內容還是有印象，這經驗有點類似「language immersion」，稱為沉浸式語言環境。

Step2: Read the story again
步驟二：再讀一遍故事

1. Once upon a time, there were three little pigs who wanted to live in their own homes. Together they went looking at houses.
2. The first little pig saw a house of straw. He thought that it would be very easy and quick to build. So he did.
3. The second little pig saw a house of sticks and he thought, “That’s for me!” It, too, was easy to build.
4. In no time at all, the two little pigs had built their homes. They were then free to play, sing and dance together.
5. The last little pig built a house of bricks. It took a long time to build, but he knew that it was very strong. It would keep him safe.
6. The first little pig saw a wolf coming towards him, so he ran into his house.
7. The wolf followed him and blew the house down. The wolf followed him again.
8. Luckily, the first little pig made it to the second little pig’s house.
9. This time the wolf blew a bit harder and the stick house went down too.
10. The pigs escaped just in time. Now they all hid inside the brick house.
11. But again the wolf followed them. He tried to blow the brick house down but he couldn’t.
12. The wolf decided to go down the chimney. Luckily the pigs were ready for him.
13. They had a pot of boiling water in the fireplace.
14. When the wolf came down he made a big splash and that was the end of him.
15. Soon afterwards, the pigs built two more brick houses. They all lived happily ever after.

北美很多學校利用母語環境打基礎，再把另一種語言或多重語言置入學習，提供沉浸式語言課程。就我學三隻小豬的經驗為例，我先讀了中文的故事內容，而國高中接觸英文後，將累積的詞彙量，以中文學的知識搭配英文的語言技巧，就可以把三隻小豬的故事簡單描述出來。我常常覺得這種感覺像泡茶，越久越入味。

Step 3: Find and match

步驟三：依發展順序來找圖說故事

1. N
2. ______
3. ______
4. ______
5. ______
6. ______
7. ______
8. ______
9. ______
10. ______
11. ______
12. ______
13. ______
14. ______
15. ______

A.

B.

C.

D.

E.

F.

G.

J.

M.

H.

K.

N.

I.

L.

O.

Step 4: The structure of a story

步驟四：排排看故事結構（參考步驟2的選項填入答案）

• Setting (When, who, where)

1

____

• Beginning Event (What starts the story?)

____

• Problem (What makes the story exciting?)

____

• Resolution (How is the problem solved?)

____

• Conclusion (How does the story end?)

____

P.10、11 參考答案

Step 1、2 請自由發揮

P.12 參考答案

Step 3:

1. N　2. L　3. A　4. J

5. H　6. D　7. G　8. C

9. B　10. M　11. E　12. I

13. F　14. O　15. K

P.13 參考答案

Step 4:

- Setting (When, who, where)

1

- Beginning Event (What starts the story?)

2、3、4、5

- Problem (What makes the story exciting?)

6、7、8、9、10

- Resolution (How is the problem solved?)

11、12、13、14

- Conclusion (How does the story end?)

15

Chapter.2

《Simply useful DIY》

空間智能是對色彩、線條、形狀、形式、空間及它們之間關係的敏感性很高，隨意操控物件的位置，產生或解讀圖形訊息的能力，並把所知覺到的表現出來。這類人在學習時是用心及眼來了解知識。

摺紙，是最適合練習用眼睛來解讀的方法之一，藉著圖像塑造意義。這對開發空間智能的培養，視意領會是一個基礎技能養成。

筱薇老師叮嚀：

我常用圖形搜查DIY的製作過程，從做肥皂到烤麵包，我都先找圖片或視頻再看文字解說，經過這一個步驟，我不僅篩選了資訊，也從圖像了解了製作內容，文字是拿來參考或複習，而不是入門。

A warm up game

Step 1:

1.

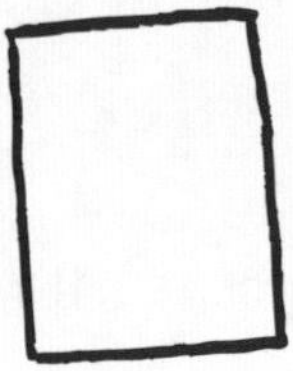

2.

3.

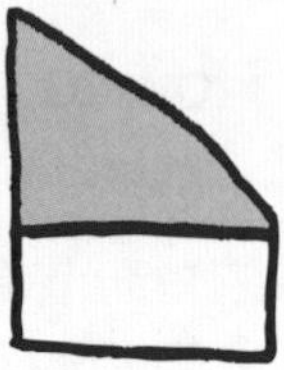

4.

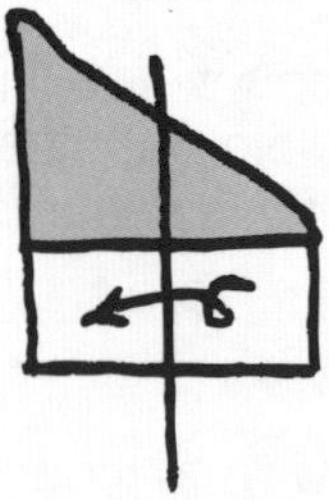

5.

6.

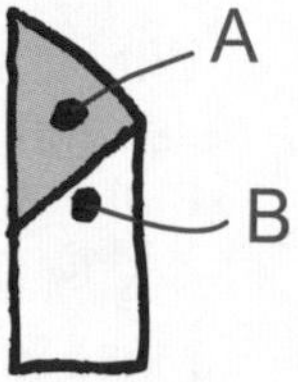

A,B各打一個洞

Step 2: 請勾選出把整張紙打開後，正確的孔洞分布模樣

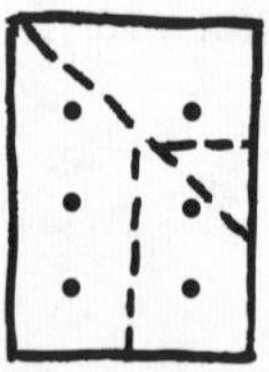

☐

☐

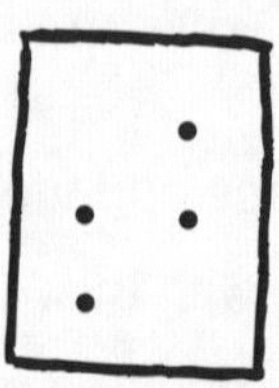

☐

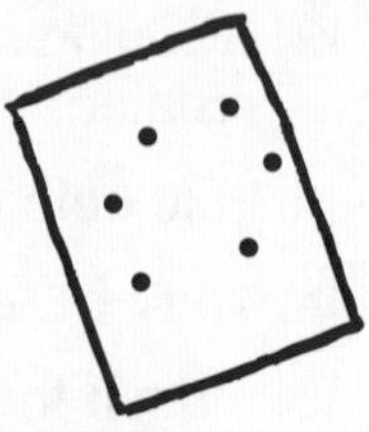

☐

Read or Look at

You will need:

- a cut out square from old newspapers or magazines

How to make your bookmark:

1. Cut out a square.
2. Fold it in half on the diagonal so that you're left with a triangular shape.
3. Fold the right side up to the tip point and do the same with the left side.
4. Turn it upside down and unfold the two flaps.
5. With the piece flat in a triangular shape, you will now see the outline of a square in the middle, with the fold that you've created. Take the point of this square and fold it up into a triangle.
6. Make sure you press firm on the fold.
7. Next take the left flap and fold this down to meet the bottom point.
8. Then fold it in half upwards to meet the top point.
9. Do the same with the flap on the right.
10. You'll be left with two flaps folded.
11. Now you need to fold the flaps in the opposite direction.
12. By doing so you can tuck them into the pocket you've created.
13. Fold both flaps and tuck them in.
14. You'll be left with this.
15. Flatten the piece and make sure all the edges are fully creased.
16. You can place the bookmark over the corner of the page to mark the page in your book.

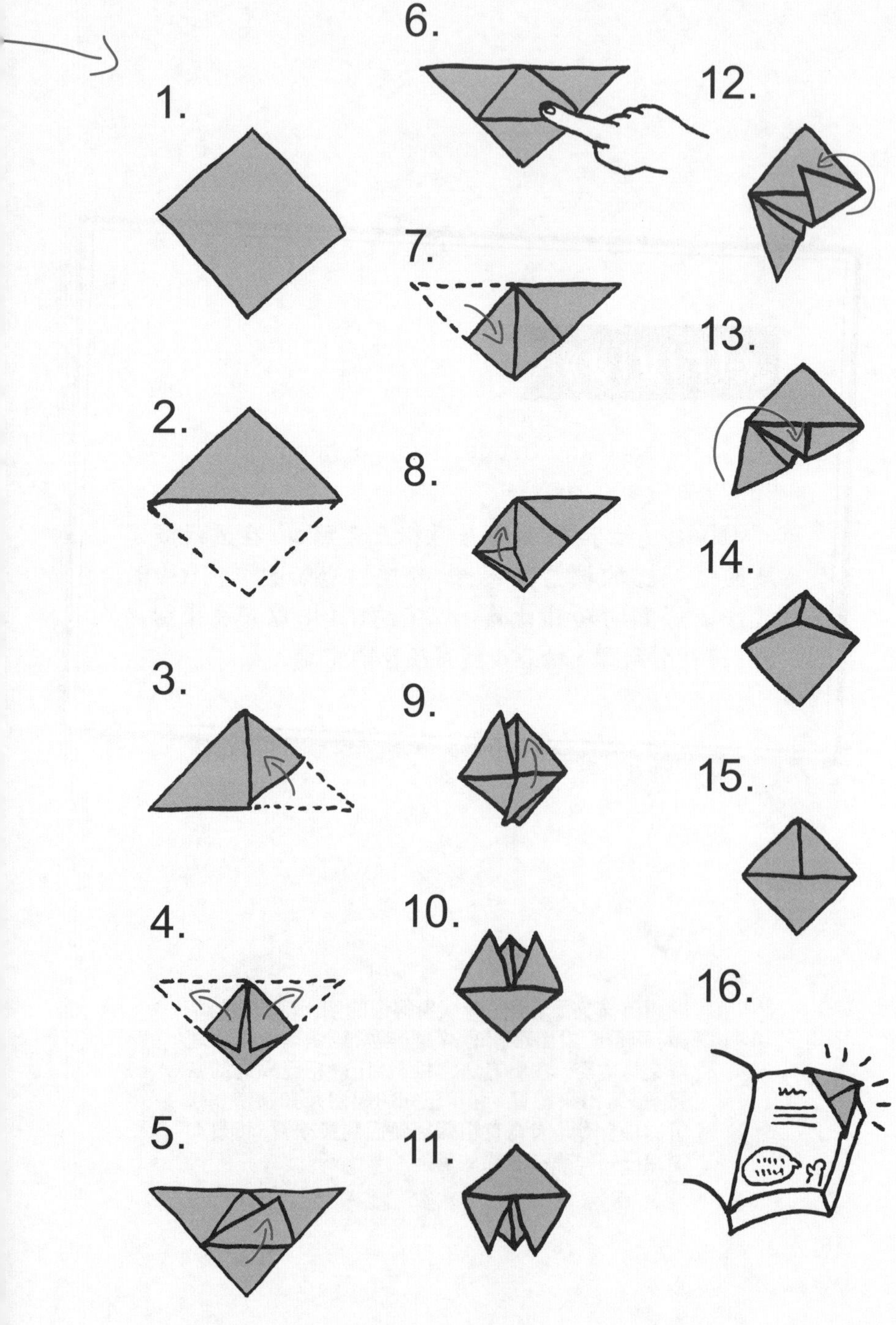
1.
2.
3.
4.
5.
6.
7.
8.
9.
10.
11.
12.
13.
14.
15.
16.

《Trivia》

/'trɪvɪə/ (recall knowledge) science, geography, sports and music.

Trivia是拉丁文，早期是意指三叉路口，在近代演變為通俗知識的機智問答；學校裡的老師也常用trivia當作班際間的知識比賽。以下的trivia以英文學習內容，來複習科學、地理、體育及音樂常識。

筱薇老師叮嚀：

閱讀英文文章，很多時候看得懂的字比看不懂的字多，可是面對出現新的辭彙，常常無法很流暢地理解文章內容。找出方法常挑戰自己，把已學過的知識，多拿出來練習，利用已知的經驗及知識當作學習的催化劑，因為有相關經驗而利於學習，可幫助銜接已知與想知之間的落差。

Q&A:

* Easy / 簡易 ★★ *

1. What does your heart pump ?

Blood ______ *提示 heart pump ------------------------->

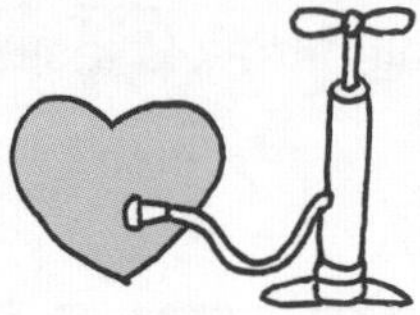

2. What is H_2O?

______ *提示 ---------------->

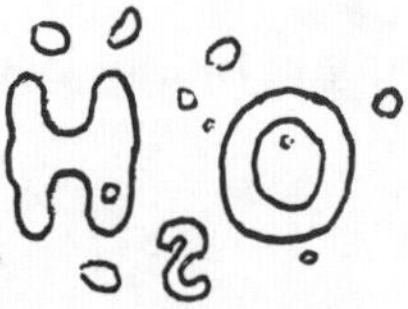

3. Which is bigger, a lake or an ocean ?

______ *提示 lake ------------------>

ocean --------------->

4. In which ocean is Hawaii ?

______ *提示 Hawaii ------------------>

5. What sport is played at Wimbledon ?

______ *提示 Wimbledon ----------------------------->

6. How many strings does a violin have ?

______ *提示 violin ----------------------------->

* Intermediate / 中度 ★★★ *

7. Which travels faster, light or sound waves ?

______________ *提示 light waves ------------------> 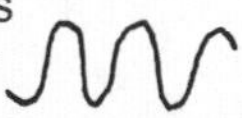 sound waves ------------> 

8. In which country is Mount Everest ?

______________ *提示 Mount Everest ---------------------------> 

9. What is the longest running race in the Olympic Games called ?

______________ *提示 olympic game ---------------------------> 

10. In which sport can you throw a 'curve ball'?

______________ *提示 curve ball -------------------------> 

11. Which classical composer became deaf near the end of his life ?

______________ *提示 composer ---------------------->  deaf ------------> 

* Advanced / 高階 ★★★★★ *

12. What instrument is used for measuring temperature ?

*提示 measuring thermometer

____

13. Which vitamin is abundant in citrus fruits ?

*提示 citrus fruits

____

14. Which South American country has the greatest land area ?

*提示 South American countries

____

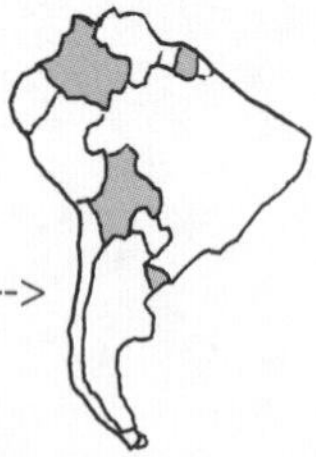

15. How many rings are there in the Olympic Games symbol ?

*提示 Olympic Games

____

16. What was Mozart's nationality ?

*提示 Mozart

____

《Alike／Unlike》

語言用來溝通，內容就必須言之有物，達到溝通目地，留下有印象的談話內容。溝通也是領導者的特質之一，瞭解事與人的關係，培養透視關係的技能，從語言技術的養成，了解領導者的特性。讓談話的主題有趣，內容有邏輯，先來練習從日常生活裡用邏輯找關係。

下列有10對可能看似相關或是無關的項目，大多也是我們每天看得到的事物，它們都有某程度的關連性，看看你能找到幾種相似的連結。

1.

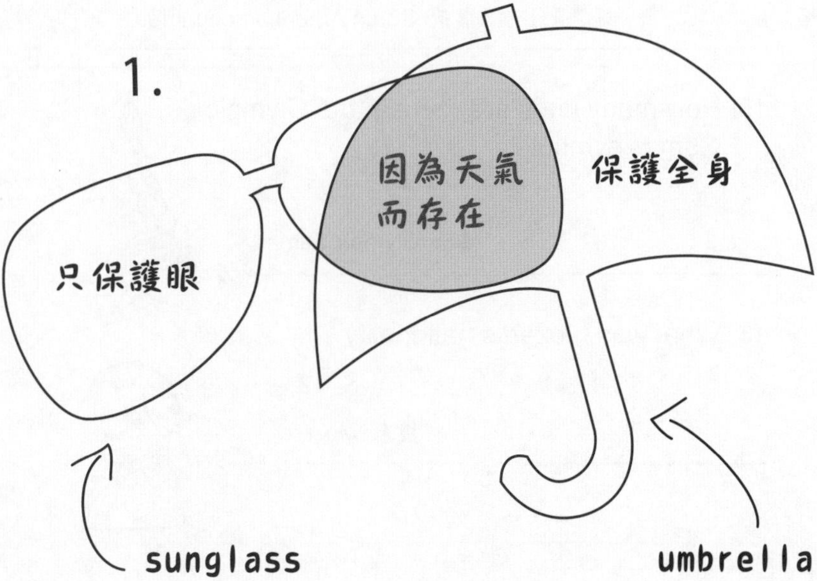

2.

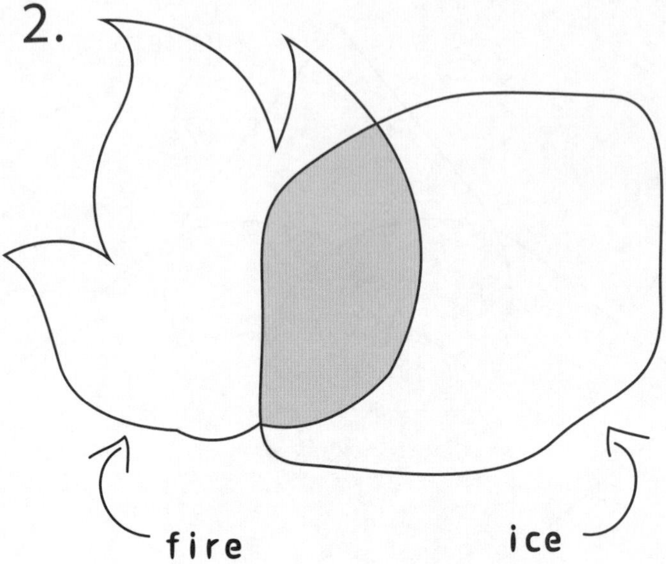

3.

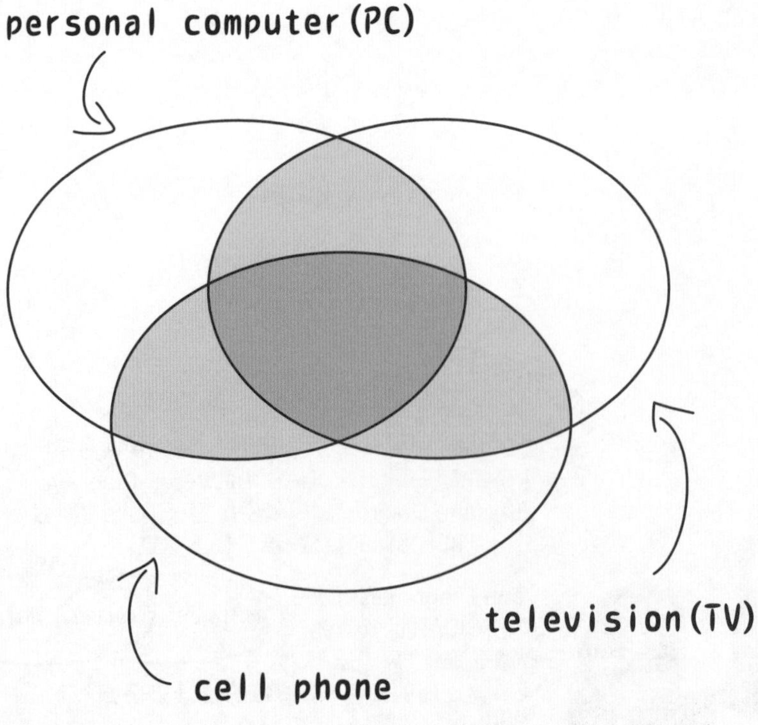

4.

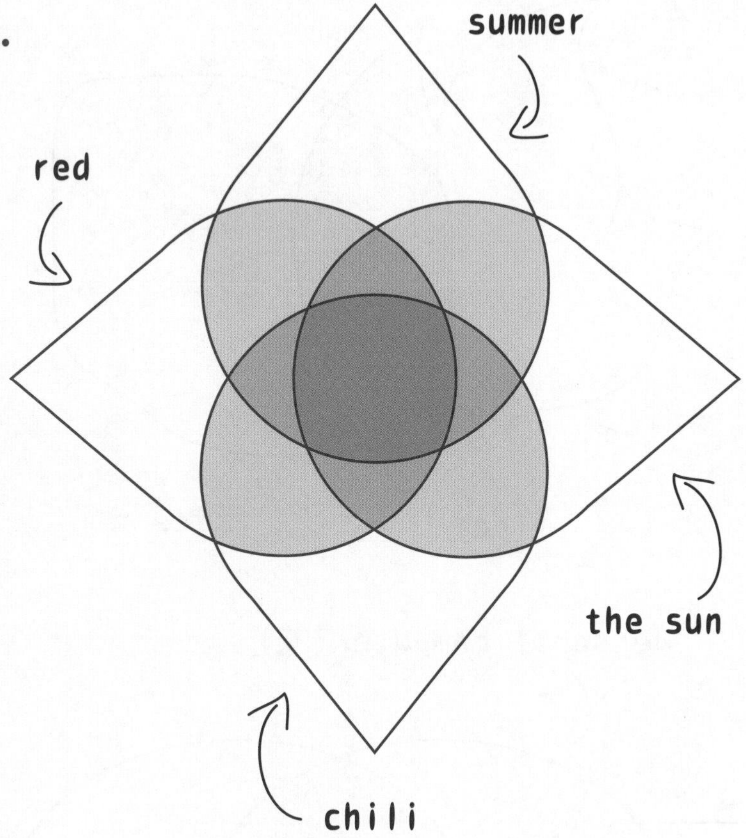

筱薇老師叮嚀：

感謝John　Venn先生在19世紀，透過他在數學及哲學的鑽研，設計出以他命名的Venn　Diagram。我用Venn Diagram訓練學生針對不同的主題，找出相似和不相似的特徵，以及找出交集。

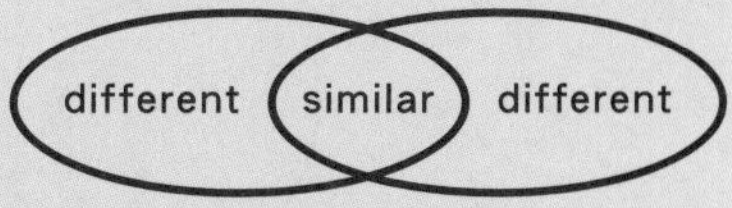

Venn Diagram的用法是把所理解的內容，透過圖形推理，展現出不同事物之間的關係，以邏輯的推理來歸類，適用於找出事物的關聯，清楚釐清異同。

5.

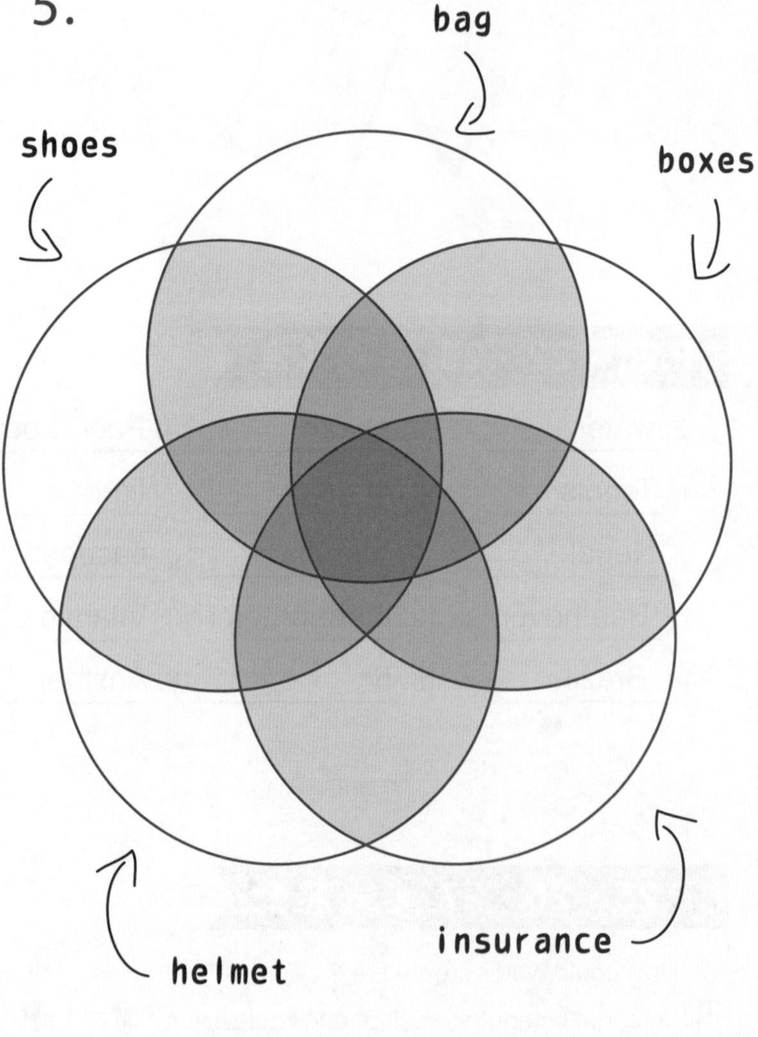

P.17 參考答案

P.21、22、23 參考答案

2. water	3. ocean	4. Pacific ocean
5. Tennis	6. 4	7. light
8. Nepal	9. Marathon	10. baseball
11. Beethoven	12. thermometer	13. Vitamin c
14. Brazil	15. 5	16. Austrian

P.25、26、27 參考答案

2. How could water create fire ?
3. personal computer、cell phone、television都是由人發明的。
4. Red、chili、Summer、the sun 可從顏色開始聯想。
5. shoes、bag、boxes、insurance、helmet都是因人而存在，且具有保護的意義。

Chapter.3

《知識加工》

換算跟翻譯很類似，針對所得的資料，透過觀察，選擇適當的形式轉換信息。在閱讀英文文章時，不應該先逐字翻譯，而是把記憶庫裡的資料拿出來，經由解釋、連結、喚啟，與認出已學過的內容，想像文章要表達的意思。這時「換算跟翻譯」就是在協助推理，把記憶裡的知識拿出來加工，是較深層的思維過程。

來試一試換算一下，生活裡的羅馬數字，時鐘裡的羅馬數字，太眼熟了，但是為什麼大笨鐘的4=IV，比5=V還多個1？

數字換算練習：

Executive Producer
WITCH YANG

CBC
Productions

cbc.co.tw/englishtogo
©CBC MMVIX

參考右側的表格，找出左邊這部電影是哪一年製作的？

Ans : ____________

Roman Numarals:

請推測並寫下出以下空格裡的數字，並回答下列換算練習！

Roman Numerals	Arabic Numerals	Roman Numerals	Arabic Numerals	Roman Numerals	Arabic Numerals	Roman Numerals	Arabic Numerals
I	1	XI	11	XXI	21	C	100
	2	X	12	XXIX	29		101
III	3		13	XL	40	CC	200
IV	4		14	XLVII	48		300
V	5	XV	15	IL	49	D	500
VI	6		16	L	50	DC	600
	7		17		60	CM	900
	8		18		70	M	1000
IX	9	XIX	19	XL	90	MDCIXVI	
X	10	XX	20		98	MCMLXX	

1. How many days are in a year? Ans : ____________________

2. What is your house number? Ans : ____________________

3. Which year were you born? Ans : ____________________

《見字拆招》

英文的文字猜謎其中一種叫“anagram”，是透過重新安排字母，轉換為其他單詞或短語。早期anagram被用為隱藏祕密或是情報。利用猜謎，可以從文字延伸出情境。例如：學生住的宿舍dormitory可以用這幾個字母安排，從學生宿舍，拆解組成為 a dirty room。從字延伸出意象，單詞不用背，是用腦演練的方式，想出來的！

下面是幾個謎題，請把左，右兩邊互相衍生出來的字連起來。

Level 1:

	tub
car	own
heat	slip
won	arc
hug	ugh
but	calm
lips	hate
clam	

Level 2:

coin
fired
team
below
swing
wolf
leader

bowel
meat
wings
flow
icon
fried
dealer

Level 3:

the eyes
listen
Elvis
married
funeral
eleven plus two

silent
lives
twelve plus one
they see
admirer
real fun

筱薇老師叮嚀：

猜測是一種高階思考的模式！！

讀到陌生的字，我們常常急著查字典，急著找出單字的意思，依賴查字典只是做片面解讀，其實先問句子裡為什麼有這個字，或是透過句意和圖形，推測單字可能的意思，猜測是經過思考來推測單字的意義。猜測是一個自我培養的思考技能，從猜測到推測，就算猜錯，也是一種學習。

《打造單字》upcycled words

有些單字在前面或後面加另一個單字後就會成為新的單字，能更加精準的表達出所要說明的事物，同時帶也有了新的意思，例如，rain + drop = raindrop，rain + coat = raincoat；下面十題小測驗考考大家是否能夠運用已學的常見單字，經由排列組合成新字。請使用所提示的十個字彙，運用在以下的習題裡！

提示字： pencil, berry, neck, bag, boots, fire, place, potato, water, book

1. __water__ bottle, ________ fountain, ________ sports

2. ________ alarm, ________ fighter, ________ hydrant

3. ________ wedges, ________ chips, ________ salad

4. turtle_________, rubber_________, goose_________

5. straw_________, raps_________, blue_________

6. bean_________, school_________, air_________

7. _________worm, _________case, _________keeping

8. rain _________, snow_________, riding_________

9. market _________, birth_________, work_________

10. ________case, ________sharpener, ________drawing

筱薇老師叮嚀：

upcycle 跟recycle 都是重生，再使用的概念，把學過的字拿出來復習，是對知識「認證」的方式，也是利用這樣的方法創造應用的方法，創造性思考從再生打造開始。

《視覺文法》

我考駕照時，剛到英國不久，正碰到剛開始加考筆試，買了本駕訓書，抱著要一次考過的雄心，狠狠的瞪著那些形狀顏色。回想初學英文的第一個月，學到shape（形狀）；我在幼稚園上課時，有形狀的積木也是必備的教具。但我常在想，什麼情況下我會講triangle、square等等形狀的字。回神到我的駕訓書，才想是不是該這樣記「triangle是警告」「triangle is warning」，「三角形是警告」多唸幾次？當我這樣思考，隨即發現每一個交通標誌形狀及顏色，代表一個規則，一句話，看到的每個人都懂，我要了解的是什麼事可以做，什麼事要小心做，那些形狀顏色在教育「是」跟「非」的原則。

這個念頭聯想到，視覺設計的課程學到形狀色彩都是視覺溝通的基本元素，像字母一樣，透過這些元素組成字彙，當我們看到這些元素經過設計產生了意義，就類似我們把單詞結合成造句，傳達想法，這就是視覺語法的形成。

筱薇老師叮嚀：

過去我學英語的時候，老師詳細講解文法規則，我們學生努力的翻譯課文，緊接著一連串的造句，填充選擇題，用測驗考熟文法、字彙、詞彙，以加強閱讀和翻譯的能力。這是16世紀時教拉丁語時用的文法翻譯法，現在到底誰在說拉丁語？

＊上面有12個關於形狀的單字隱藏在心裡，請從心裡找出你記憶裡的形狀詞彙，把他們圈起來；同時找到並寫下下方相對應的詞彙形狀，以及這些視覺元素對你的代表定義。

形狀／符號代表　　形狀／符號代表　　形狀／符號代表

Spiral/龍捲風

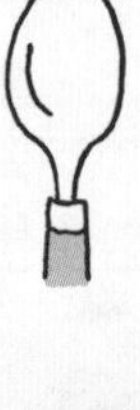

P.30 參考答案

數字換算練習：電影是在2014年製作的

P.31 參考答案

1. CCCLXV
2. VI
3. MCMLXVIII

Roman Numerals	Arabic Numerals	Roman Numerals	Arabic Numerals	Roman Numerals	Arabic Numerals	Roman Numerals	Arabic Numerals
I	1	XI	11	XXI	21	C	100
II	2	X	12	XXIX	29	CI	101
III	3	XIII	13	XL	40	CC	200
IV	4	XIV	14	XLVII	48	CCC	300
V	5	XV	15	IL	49	D	500
VI	6	XVI	16	L	50	DC	600
VII	7	XVII	17	LX	60	CM	900
VIII	8	XVIII	18	LXX	70	M	1000
IX	9	XIX	19	XL	90	MDCIXVI	1615
X	10	XX	20	XLVIII	98	MCMLXX	1970

P.32、33 參考答案

Level 1:

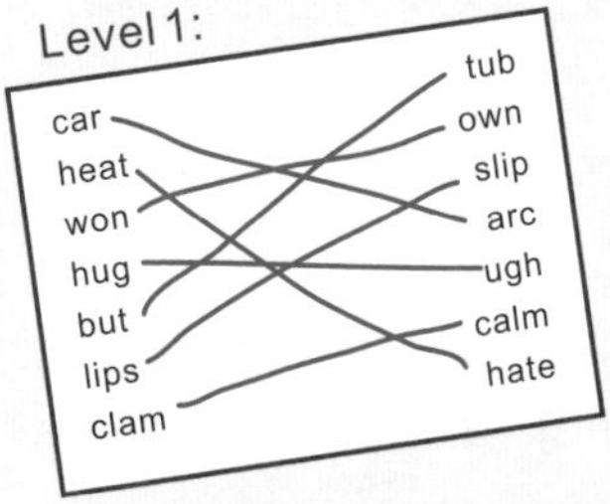

Level 2:

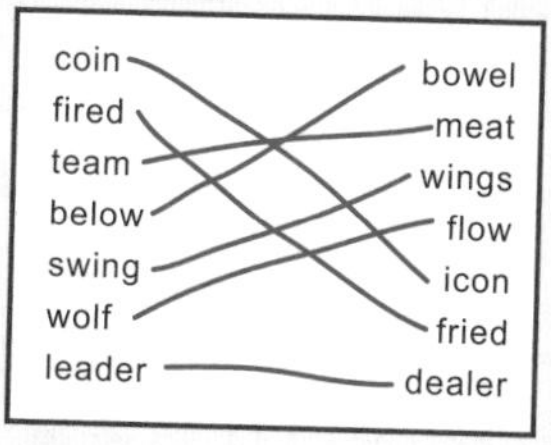

Level 3:

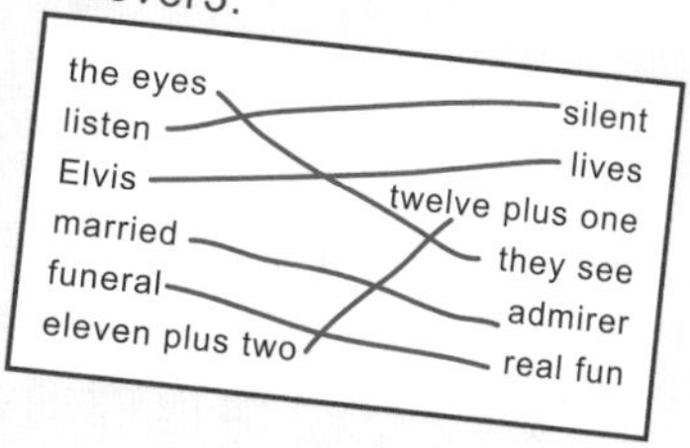

P.34、35 參考答案

1. water、water
2. fire、fire、fire
3. potato、potato、potato
4. neck、neck、neck
5. berry 、berry、berry
6. bag、bag、bag
7. book、book、book
8. boots、boots、boots
9. place、place、place
10. pencil、pencil、pencil

P.37 參考答案

Spiral/龍捲風

Trapezoid/跳馬

Star/警徽

Square/無障礙空間

Crescent/彩虹

Heart/愛情

Semicircle/扇子

Circle/禁止停車

Tectangle/執行

Triangle/小心動物

Pentagon/注意老人安全

Oval/湯匙

Chapter.4

《紅綠燈閱讀》

理解文意是閱讀時理解內文，流暢性是能夠朗讀出文章的感情。

第一次擔任班上的英文小老師，學著老師，帶著同學使勁的唸，單字靠背誦，句子靠翻譯，同學們跟著我把唸不順的詞句，多唸幾遍，一直到朗朗上口，大家認為都懂了，再繼續高聲做下個練習。有天老師教唱英文歌，我們扯著喉嚨高唱，把一首悲傷的抒情歌，唱成進行曲。老師要我們領會字裡行間的意思，我們懂的也只有字典翻出來的唸法跟翻譯。歌詞大多是過去式，我們的理解就是作者在列舉發生過的事件，接著大家就盲目地背動詞過去式。

多年之後，車裡的收音機裡播出那首歌，把我帶回第一次學這首歌的情形，才發現，歌詞裡用過去式，就像我當下在緬懷那段遙遠的記憶一樣，把快樂、悲傷的情緒用事件舉例，讓聽歌的人能了解詞曲裡的意境，因為這個懷舊感，忍不住跟同車的友人分享這段往事。

從對單字的熟悉到理解文意，是有步驟的，會發音，唸出字到懂，知道單獨的字義，再從文字串連上，推敲出內容的意義，還需要了解情境背景，體會情感進而用自己的語言表達，是循續達成的目標。這個過程，就像路上的號誌燈，紅黃綠三種顏色，警示我們要做的事，當燈的顏色變化，是把前一步做好的準備，帶到下個步驟。紅黃綠燈用在閱讀上，要何時停看聽，紅燈時要做什麼？黃燈要注意什麼？綠燈要往哪裡走下一步？這是美國一位教閱讀的老師Barclay Marcell提出一套唸懂書的閱讀策略。

before reading　　during reading　　after reading

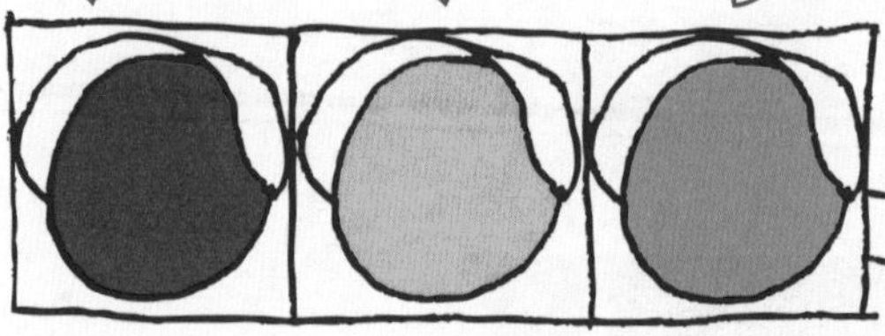

1. Stop
2. What do I ALREADY know about the subject?
3. Did I look at the pictures and words are in bold?

1. Slow down and ask yourself：
2. Can I tell myself the important facts so far?
3. Are there any tricky words?
4. Do I have questions?

1. Move on
2. What did I learn?
3. What were the big ideas?
4. What do I need to remember?

1.停下來：找蛛絲螞跡
2.文章主題裡有那些是我已懂的字、句子、內容？
3.我有沒有仔細看過圖片和寫粗體的文字？

1.放慢腳步，問自己：
2.我能否看出文章的重點？
3.有哪些難讀的字？
4.有沒有問題我想提問？

1.向前走
2.我學到了什麼？
3.文章裡有提出哪些看法？
4.有什麼內容我需要銘記在心的？

筱薇老師叮嚀：

第一步：花時間仔細的認出你知道的字，利用知道的字，推敲出其他字的可能意思。

第二步：把句子中已知與找出的新字放在一起，找出這些字在一起的理由。

第三步：如果你用這些字在文章裡，你會用來描述什麼？

《過招邏輯》

數學家約翰·馮·諾伊曼(John von Neumann)，有著過目不忘的能力，是個神童，同時也擁有電腦之父頭銜。但是他打撲克牌卻不是很靈光，一開始他以數學的機率理論，試著贏牌，爾後意識到，「吹牛」這樣唬人的欺騙手段，是贏牌的主要技倆。想要贏牌的馮·諾伊曼就把，「吹牛」，欺騙對手的戰略法，發展出一個可以套用的理論，這也是現在的賽局理論或博弈理論的源頭。

賽局理論(Game Theory) 用於檢查兩個或多個參與者之間的策略互動分析工具。我會透過簡單的戰略性遊戲讓學生體驗，玩家之間的合作或不合作的互動行為，引起的風險。學生大多只是玩著遊戲想著要贏。當他們主動思考每一步時，他們就成為決策者，可以評估每一個決定的潛在影響。尤其當學生要運用語言在找工作或學校的面試上，我多會讓他們先評估出要問與答的內容，深入了解每個問題的目的性，確定答案有概括到提問的方向。

手指捻遊戲 Nim Game

Nim遊戲規則：

（以下的規則是以中英文穿插，請勾選出適合的中英文翻譯，可多選）

1、兩方玩家

_✓_two players

_✓_for 2 players

_✓_two-person game

2、Before playing, the players must decide who is to make the first move.

___在彈奏之前球員必須決定是誰作出的第一步

___在播放之前，玩家必須決定是誰邁出第一步

___在遊戲開始前，玩家必須決定是誰邁出第一步

3、兩人輪流取至少一個或多個銅板

___Take turns taking one or more coins

___In alternating turns, a player must remove one or as many coins as desired

___Two players alternate turns removing either one or more coins

4、只能取同一列的銅板

___coins can only be removed from the same row

___coins can't be taken from multiple rows

___the player can only take the coins from the same row

5、Whoever removed the last penny or pile of pennies is the winner.

___最後將銅板拿光的人是贏家

___最後沒有銅板可拿的人是輸家

___拿走最後的銅板的玩家獲勝

找個朋友跟你一起玩Nim Game，將十二個硬幣，依序排放在下圖的圓圈裡，依照前面學到的遊戲規則跟朋友一較高下吧！

仔細觀察你的戰略，寫下你自己的「手指捻遊戲 Nim Game」的必勝絕招：

Ans :

許多消息來源聲稱，Nim可能起源於中國。這個遊戲可以用紙張，硬幣或任何手邊的小東西來玩。哈佛大學的查爾斯、布頓，教授，在1901給這個遊戲取名為Nim，這是個古英語詞，意思是竊取或帶走。

有沒有注意到，如果把NIM顛倒來讀，就是WIN!

Nim的挑戰，遊戲規則更改一下 1) 把硬幣換成火柴，2) 拿走最後一根火柴的人是輸家。下列是一局將接近尾聲的Nim game，你會如何走下一步，以確保你的對手會拿走最後一根火柴。

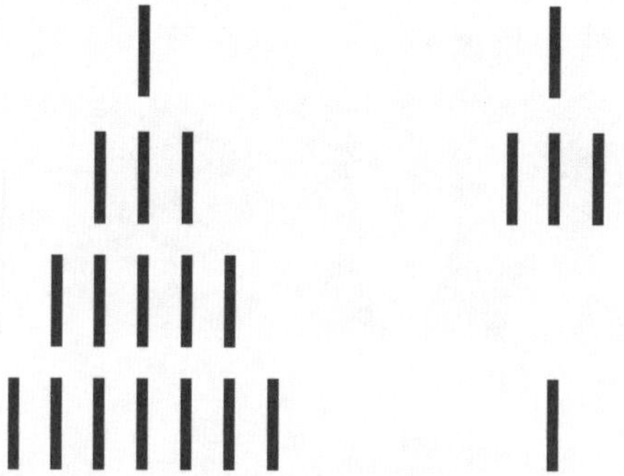

Start position　　Your go　　Your next step

筱薇老師叮嚀：

戰略思想被認定是最高效的領導者能力之一，也是辯思能力的一門課，戰略領導者採取全面的、客觀的分析，有前瞻的思維和規劃，來解決問題和決策。或許玩個小遊戲跟培養戰略領導者沒有很直接的關聯，但是戰略思想是學習來的，找出獨立思考的模式，就從baby step 開始。

《The circle, square and triangle的考驗》

課堂裡的學生，大多不會主動提問，或是發表看法，大多需要仰賴標準答案，或是教科書裡的腳本來發言，這其實不是表達意見或看法。但我發現同學之間雖然語言不通，話卻很多，我聽起來像收訊不良的電話，偶爾聽到隻字片語，還是課堂裡學的，透過他們共有的經驗以及獲得的知識相結合來使用。

要指導學生有想法，我想到Kandinsky，康定斯基，他利用抽象的形式和顏色，超越了文化和物的通用視覺語言，來傳達靈性和情感。

Painter Wassily Kandinsky.
Sketch for picture XVI The Great Tower of Kiev. 1924

我結合了形狀跟創意思考，創意是開啟富有想像力，產生想法進而變成行為。創造力的特點是把看似無關的現象連結起來，並生成解決方案的能力。

右面是The circle, square and triangle的考驗，你只能用直線，圓，方形和其他的形狀輔助，畫出大家都可以看懂的圖形，完成後跟家人跟朋友分享，測試你的視覺語言流暢度！

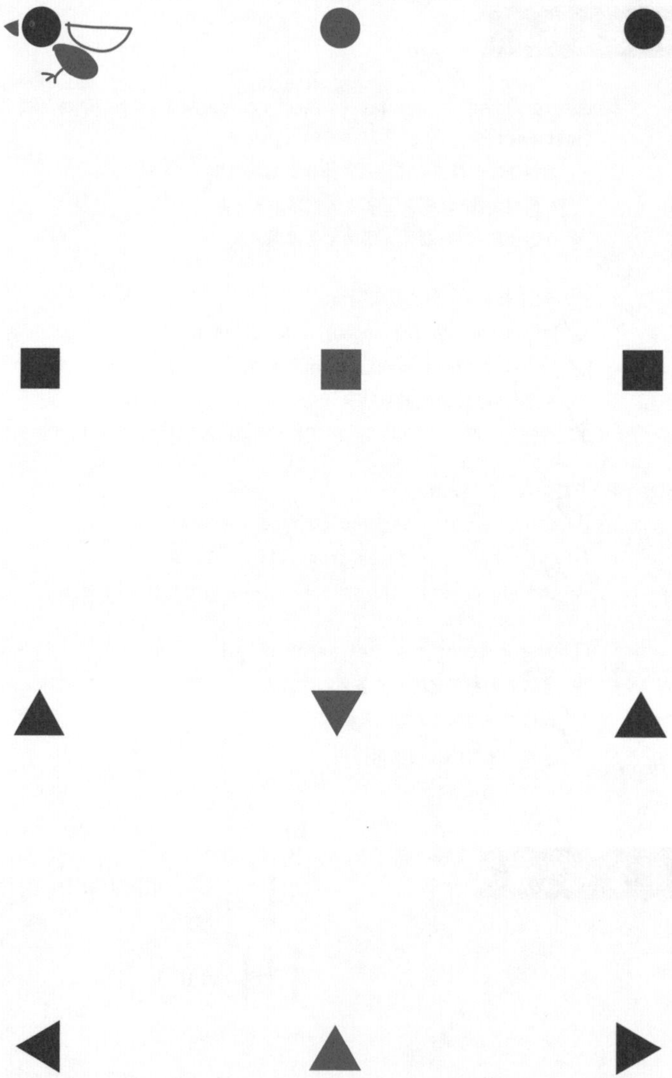

筱薇老師叮嚀：

創新的兩個過程：先思維，後生產。讓學生有想法，不是要依賴課本為想法，而是套用課本提供的語法邏輯，表達想法。

P.43 參考答案

2. Before playing, the players must decide who is to make the first move.

___在彈奏之前球員必須決定是誰作出的第一步

___在播放之前，玩家必須決定是誰邁出第一步

√___在遊戲開始前，玩家必須決定是誰邁出第一步

3. 兩人輪流取至少一個或多個銅板

√___Take turns taking one or more coins

√___In alternating turns, a player must remove one or as many coins as desired

√___Two players alternate turns removing either one or more coins

4. 只能取同一列的銅板

√___coins can only be removed from the same row

√___coins can't be taken from multiple rows

√___the player can only take the coins from the same row

5. whoever removed the last penny or pile of pennies is the winner.

√___最後將銅板拿光的人是贏家

√___最後沒有銅板可拿的人是輸家

√___拿走最後的銅板的玩家獲勝

P.45 參考答案

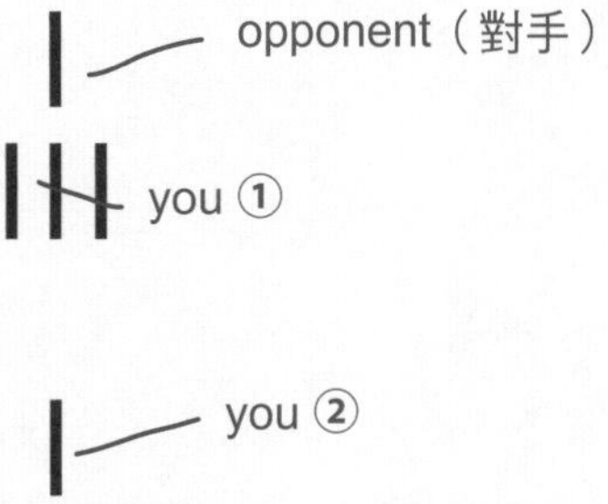

Your next step

根據改變後的遊戲規則，一人只能拿同一列的1根或多根火柴，如此一來，按照圖示的順序，對手就是輸家了。